盗墓贼的小徒弟

[加] 阿兰·斯特拉顿 / 著
许若青 / 译

北京出版集团公司
北京少年儿童出版社

版权合同登记号
图字：01-2015-4299
盗墓贼的小徒弟
THE GRAVE ROBBER'S APPRENTICE
by Allan Stratton

图书在版编目（CIP）数据

盗墓贼的小徒弟 /（加）阿兰·斯特拉顿著；许若青译. — 北京：北京少年儿童出版社，2017.7
（摆渡船当代世界儿童文学金奖书系）
书名原文：The Grave Robber's Apprentice
ISBN 978-7-5301-5194-5

Ⅰ. ①盗… Ⅱ. ①阿… ②许… Ⅲ. ①儿童小说—中篇小说—加拿大—现代 Ⅳ. ①I711.84

中国版本图书馆CIP数据核字（2017）第156962号

摆渡船当代世界儿童文学金奖书系
盗墓贼的小徒弟
DAOMUZEI DE XIAO TUDI
［加］阿兰·斯特拉顿／著
许若青／译
*
北京出版集团公司
北京少年儿童出版社 出版
（北京北三环中路6号）
邮政编码：100120
网址：www.bph.com.cn
北京出版集团公司总发行
新华书店经销
三河市天润建兴印务有限公司印刷
*
880毫米×1230毫米 32开本 8.5印张 171千字
2017年7月第1版 2018年6月第3次印刷
ISBN 978-7-5301-5194-5
定价：29.80元

捧起厚厚的漂亮

梅子涵

你已经是一个十来岁的小孩了吗？那么你应该捧起一本厚厚的文学书了。是的，厚厚的文学书，一个长长、曲折的故事，白天连着黑夜，艰难却有歌声嘹亮。

当你捧起，坐下，打开，一页页翻动，一章章阅读，你竟然就很酷很帅，你是那么漂亮了！

因为你捧着了文学。因为你有资格安安静静读一个长长的文学故事。你走进它第一章的白天的门，踏进第二章夜晚的院子，第二十章……最后从一个光荣的胜利、温暖的团聚、微微惆怅的失去里……

走出来。亲爱的小孩，你知道这也是一种光荣吗？文学的文字给了你多么超凡脱俗的温暖亲近。你是在和情感、人格、诗意团聚呢！而这一切，对于一个没有资格阅读的小孩和大人，又是多么惆怅的缺丧，如果他们连这缺丧也感觉不到，那么就算是真正的失去了，失去了什么？失去了生命的一个重大感觉，失去了理所当然的生命渴望。

我知道，你会说："我听不懂你说的！"可是我确定，你阅读了一本本厚厚的文学书，阅读过长篇小说以后，就会渐渐懂了。因为到了那时，你生命的样子更酷更帅更漂亮了，你闪烁的眼神里满是明亮。

我真希望我是一个和你一样的小孩，我就开始捧起一本厚厚的文学书，我要读长篇小说了！

致妈妈，我还是小孩的时候，她带我去参加斯特拉福莎士比亚节。

致丹尼尔、路易丝和克里斯缇，我第一批忠诚的读者和朋友。

目录

第一幕　小女伯爵

木盒里的男孩 / 3

边盗墓边成长 / 7

小女伯爵 / 13

囚犯 / 19

大公宫殿 / 23

挖出尤里克 / 28

午夜访客 / 32

致命求婚 / 35

希望的微光 / 42

危险任务 / 47

法师巢穴 / 51

活埋 / 57

死人复苏 / 64

入会仪式 / 67

闹鬼的城堡 / 73

探险之路 / 77

第二幕　狼王

让人烦心的消息 / 83
一路向北 / 86
战利品盒子 / 92
追捕 / 98
大森林 / 103
夜里颠簸 / 108
狼王 / 113
想象中的武士 / 118

第三幕　隐士皮特

冰冻坟墓 / 127
栖息于死人身旁 / 133
隐士皮特 / 135
被夸大的故事 / 141
禁入的教堂 / 148
惊人的发现 / 155
攻击 / 159

第四幕　跳舞熊马戏团

潘多里尼一家 / 167
向皇宫进发 / 176

秘密通道 / 182

三个预言 / 186

潘多里尼变幻术 / 192

马戏之夜 / 196

逃跑的孩子 / 202

进入地牢 / 206

大逃亡 / 212

第五幕　约翰尼斯，瓦尔德兰德的王子

疯人院 / 221

空地里 / 225

高高的刑柱 / 230

两个预言实现了 / 234

决死之战 / 241

报应 / 246

皆大欢喜 / 249

致谢 / 253

第一幕 小女伯爵

木盒里的男孩

许多年前，夜黑风高的一晚，瓦尔德兰德大公国，海浪高涨，一个装在木盒子里的男孩儿被冲上海岸。在一处悬崖峭壁下的巨石缝中，木盒子得以躲避风浪。海浪拍打着木盒子的四边，木盒子摇摇晃晃已经好几个小时了，海浪咆哮着要把它冲走，让黑暗的深海把它吞噬。

木盒子里的男孩儿是个婴儿，还不到一岁。他戴一顶白色的亚麻帽子，穿一身白色的亚麻睡衣，被紧紧地包裹在一条质地精良的羊毛毯子里。比起他在木盒子被盖上之前听到的尖叫声，海浪的声音对他来说如同一种安抚。如今，海浪咆哮着要毁掉他，可在这个小婴儿的梦里，他正在自己的婴儿床上摇晃呢。

与此同时，在岸上，一个长着一身结实肌肉的矮胖男人把铁锹一下插进沙地，埋怨着老天爷。他就是盗墓贼克诺贝·特·本特。

克诺贝在施瓦恩伯格县，即大公国的东部，开展自己的营生。今晚，海风呼啸，注定会有船遇难——两艘还是三艘，要看天意——所以克诺贝顺着陡峭的小路爬下峭壁，来到海滩上，打算掠夺遇难者的尸体。他在海滩上潜行了好几个小时，搜索海浪沉积财宝的地点，可什么也没找到，一具尸体也没有，连一具手戴戒指的尸骨也没从海底冲上来。

克诺贝诅咒着，挠着耳后，从打了结的头发里抓出一只甲壳虫。他开始往回走，朝着他的山洞去。但是在悬崖底下，他停住了。是什么东西在月光下闪闪发光？他的心跳到了嗓子眼儿。是一个橡木盒子，随着海浪在一堆巨石之间上下浮动，盒子四周镶嵌着柚木，盒盖子上镶着珠宝！

盗墓贼把盒子拖到高处，用铁锹撬开上面的锁。在盒子里，他看到一卷厚厚的羊毛毯子，毯子里裹着他的战利品。他打开毯子，希望能够发现财宝——说不定是雕花的鸵鸟蛋或者镶金的象牙喇叭呢。然而，他看到的却是一张婴儿的脸。

克诺贝吓得尖叫起来，把婴儿抛了出去。婴儿摔到沙子上，号啕大哭。

“闭上嘴！”盗墓贼叫喊道，“该哭的是我才对。”

他开始想办法安慰自己。毯子能用来取暖，盒盖上的珠宝可以拿去典当，盒子本身可以用来储藏战利品。而婴儿就是另一回事儿了，也许他能换来什么奖赏？

月光消失在海浪和潮湿的石灰石峭壁之中，他发现盒盖内部雕刻着一幅装饰画：花环之上有两只独角兽在跳舞，在它们的上方，一只鹰头喷射出光亮的闪电，微风从左边吹来，太阳从右边照过来。盒子最底部还刻着几个拉丁字母。

克诺贝咕哝了几声。这幅装饰画的风格不属于瓦尔德兰德大公国。所以这个孩子来自远方，不会有人为了他给赏的。最好把他留在原地。毕竟，一个孩子能带来什么好处呢？

盗墓贼用毯子做了个背包，把盒子放进包里，把背包扛在肩上。“再见。”他对婴儿说。

婴儿已经停止了哭泣，他睁着严肃的大眼睛望着克诺贝。

“别跟我玩你们小孩儿的那套把戏。”克诺贝警告他说，“你们都一样，鬼鬼祟祟的小骗子，总是让人心软。”

婴儿向他爬去。

“你可别爬过来。你想求，就去求那些把你锁进盒子又扔进大海里的人。”

婴儿继续爬过来。

克诺贝连忙往后退了退。“回去！我用铁锹铲你了啊！”

婴儿发出咯咯的笑声。

“我很好笑，是吗？晚安吧！”克诺贝吐了一大口痰，后脚跟一转，开始长途跋涉回家去了。

在峭壁上爬了一半，他停了下来，靠在岩石上捶打着胸骨，大口喘气。岁月在他肩膀上增加的重担若比岩石更加伤人，他将变成什么样呢？

就在此时，一个念头冒了出来，如一艘幽灵之船驶出云雾——这个念头促使他低头看了看那个小家伙，他已经蠕动到峭壁脚下了。

不久，这小子就能走路说话了。克诺贝想，***他可以给我放哨。再过几年，他还可以挖洞、挖隧道，用推车运送我的工具。以后，等我老了，他可以照顾我。***

他必须得养育这个小男孩儿，没什么大不了的，剥了皮的黄鼠狼或者老鼠肉都能喂饱他。

克诺贝从峭壁上爬下来。此时，那孩子正好奇地笑着，看着从岩石和沙子洞里爬出来的闪闪发光的小螃蟹蹦跳向海里。

“你，小孩儿，你是我的了。”盗墓贼说，“从今天开始，你得听我的。你就叫汉斯吧，这名字既简单又普通，就跟你这个人一样。明白没有？”

他抱着孩子的胳肢窝，把他举了起来。这孩子的右肩膀上有一块胎记，形状像一只老鹰。残货，唉，他又能跟谁抱怨呢？克诺贝扑通一声把孩子放进盒子里，把他拉上悬崖，带回自己的山洞。克诺贝为自己收养了一个儿子。婴儿汉斯也开始了新生活，作为盗墓贼的小徒弟的生活。

边盗墓边成长

汉斯和克诺贝蜷缩着，坐在他们山洞外面的火山坑边上，看着太阳落山。克诺贝挠了挠头上斑秃的地方。

“距你从海里冲上来，已经十二年了。”他说，“加上你做婴儿的时间，你应该差不多十三岁。想想吧，你可以用所有的手指头和几只脚指头数数。”克诺贝虽然没上过学，但是他会数数。至少可以数到二十。

“你多大？”汉斯小心地问。

“比我所有的鼻毛岁数都大。你可别想转移话题。”

汉斯闭上眼睛。当克诺贝确定了一个话题，他就像盘旋在死兔子上空的秃鹫，在把话题说清楚之前，没什么能让他分心。但是，他到底要谈***什么***呢？汉斯紧张地摸着右肩膀上的胎记，等着盗墓贼说出他的想法。

克诺贝从牙缝里拽出一丝松鼠肉，庄重地开场了：“我一直是你的好爸爸。”克诺贝想要汉斯做事的时候就会这么说。

“是的，爸爸。如果不是您，我已经被海鸥撕成碎片了。”汉斯不想自己的脑袋被掴，总是这么回答。

“我把你从狐狸嘴下救出来过，从法师那儿救出来过。”克诺贝接着说，“是呀，你还是婴儿的时候，如果不是用一根绳子把你系在我腰上，我在挖布鲁克先生的墓那会儿，恶人帮那伙小崽子就把你偷走了。你的脑袋早就进了法师的骷髅头大锅，混着小南瓜子和刺猬粉末，被一起碾碎，变成魔鬼的咒语了。”

“是的，爸爸。”

“不过，最重要的是，我给了你荣誉。”克诺贝拖着长调子说，“荣誉中至高无上的荣誉——‘盗墓者伟大社团’的入会仪式。”

今晚会给我什么荣誉呢？汉斯不寒而栗。

他小时候，荣誉都是很简单的。克诺贝盗墓的时候，就把他藏在乡下墓地的石板背后。汉斯的荣誉是，如果他听到有人过来，就发出鸟叫声。当汉斯发现那些坟墓里有人的时候，克诺贝告诉他那些人是他的朋友，因为活得太累了，就进墓穴里睡觉了。汉斯的新荣誉就是保持安静，以免把他们吵醒。

汉斯问克诺贝，既然他的朋友们想睡觉，为什么还要把他们挖出来。

“这是捉迷藏的游戏。”克诺贝回答说，“他们躲在洞里，我就要把他们找出来。我把他们找出来了，他们就把黄铜扣子送给我。”

还有黄铜扣子以外的收获，是汉斯无意中发现的。他总是想看看克诺贝的战利品盒子——就是装着他被冲上海岸的那个盒子——但是克诺贝已经很清楚地告诉过他，不许打开。对于汉斯来说，那个盒子一直非常神秘。他从哪里来？他的父母是谁？他们爱他吗？思念他吗？以及最重要的——他是谁？他到底是谁？

一天，汉斯实在按捺不住好奇心。克诺贝不在的时候，他打开了盒子，惊奇地看着盖子里面雕刻的装饰画。他用手指摸着喷射闪电的鹰、独角兽、风、太阳，还有那些奇怪的字。接着，他乱翻一通克诺贝收藏的戒指、搭扣、胸针和鼻烟壶，想看看木盒子里还有没有其他雕刻。在木盒子底部，他发现了一个布袋子，布袋子里都是金牙齿。

克诺贝回来了。“你拿我的战利品盒子干什么？”

“没干什么。”

克诺贝一把抢过盒子，紧紧抱在胸前，他抱儿子都没抱得这么紧过。“这盒子里装的全是我的朋友们活着的时候许诺送给我的礼物，这都是那些死人欠我的。”

“甚至是他们的金牙？”

“特别是金牙，我看着金牙就会想起他们。”

有一次，汉斯建议爸爸卖掉这些礼物，特别是珠宝。有了钱，他们就可以穿真正的衣服，再也不用穿麻布袋子了，还能在城里买房子。

“进城住在房子里就意味着有邻居，有邻居就意味着有人问问题。”克诺贝回答说，“咱们最好还是自己过，在必要的时候再卖掉那些漂亮的珠宝。而且……”说到这儿，他摸了摸鼻子，“你可不想有人看到自家祖传的戒指戴在别人的手上吧，对不对？漂亮的珠宝要留到认识它们的人都被埋到地下之后再卖。”

“但是，爸爸……”

克诺贝举起手，“你还太小，有些事儿还不明白，我的孩子。那些事儿，你进了‘盗墓者伟大社团’以后才能明白。”

汉斯长大了，成了一个身材高挑瘦削的年轻人，他爸爸赋予他的“小荣誉”变得越来越耗费体力。年复一年在潮湿又布满石块的土地里挖掘，使得克诺贝的右肩膀上鼓起一个像南瓜一样大的包，而他多毛的大脚上的脚趾囊肿也日渐膨胀，快要炸裂了。因此，汉斯便有责任扛着铁锹、绳子和铁棍去挖地，一直挖到铁锹触碰到棺材。然后，他爬出坟坑，把死人留给克诺贝去处理。

然而，在坟坑里爬进爬出，对于克诺贝的这把老骨头来说也是越来越困难了。所以，今晚，当汉斯听到他的新荣誉时，一点儿也不吃惊：

“再过三晚就有新月了。”克诺贝说，“到了那天晚上，你要第一次自己单干一票，这样就可以加入‘盗墓者伟大社团’了。”

汉斯感觉很恶心。克诺贝很幸运，嗅觉不好、肠胃强大。汉斯可不是。每当盗墓者在坟坑里艰苦劳作时，汉斯总是闭着眼睛，想象着阳光、鸟叫和大海的咆哮声。他不能谴责这个救了他的性命，并把他从小抚养大的人。但是三天之后他就要自己盗墓，这件事情本身，让他无法忍受。

克诺贝掴了他的脑袋一下。“怎么回事儿？我赏赐你这辈子最伟大的荣誉，你居然没有一句‘谢谢’？”

“对不起，爸爸。”汉斯斜眼瞥见一只土耳其秃鹫从悬崖峭壁滑翔而过，飞到海的上空。它盘旋了一会儿，接着俯冲穿过暮色，冲向远处城堡山上的塔楼。***噢，做一只鸟，自由地高飞，高高飞在地面之上***。汉斯想着，***我就可以飞到任何地方，只要不待在这里***。

他摇摇晃晃地站起来。

“怎么回事儿，孩子？”克诺贝粗声粗气地问。

“呃……我……呃……”汉斯咽了一次又一次口水，他的双臂无力地在身体两旁画圈。

“快说！”

汉斯几乎什么都听不到，无法思考也无法呼吸。就好像他在水下，就要溺水了一样。他的双脚开始不听使唤，它们自己动了起来，一只脚不断地移动到另一只脚前面。

“你干什么去？”

汉斯不知道，也不在乎。他摇摆着走向火山坑旁边的悬崖，开始奔跑，试图跑出那片贫瘠的荒原，跑进渐渐暗下的黑夜。他一直跑呀跑，跑过陶场，跑过教堂的庭院，跑进了村子里，他赤裸的双脚猛踏过面包店、铁匠铺、炉匠铺和裁缝铺外的鹅卵石地面，跑过了磨坊厂旁边的大桥。他进了村子里，在星光的指引下，他避开了大路，跳过一条水沟，穿过田地和果园……直到他无路可走。他在城堡山山脚下的一片芦苇地旁边跪下了。

汉斯吓坏了。他已经闯进了施瓦恩伯格伯爵和伯爵夫人以及他们的女儿——安吉拉——小女伯爵的地盘。如果他被逮住，可要招来麻烦了。然而，此时汉斯已经无力动弹。他只能抬眼惊异地凝视上方的城堡。从他住的那片荒原上看城堡，它美极了。而此刻，城堡离他这么近，看起来如同神迹一般。

汉斯侧躺着，想象着在城堡镶金的围墙里面的生活。就算是对城堡里最底层的仆人来说，那里的生活也应该是辉煌无比的。也许他们要倒夜壶和清理马厩，但至少他们从来不用去盗墓。

汉斯对着星星许了个愿："有一天，我要知道我是谁。从那天起，我要光明正大地生活、呼吸新鲜空气，再也不用在死人堆里摸爬滚打。"然后，他的眼皮就合上了。他睡着了，这场睡眠比坟墓更加深沉和可怕。

小女伯爵

“准备受死吧，小子！”法师咆哮说，“我要放干你的血来喂我的食尸鬼。”

这孩子被挂在后墙上的一个钩子上，他的木头脑袋和四肢上沾满了泥沙和黏土。一排邪恶的怪物悬在绳子上，对着他发出刺耳的叫声。黑暗之外，有一个声音：“住手，噢，地狱的幽灵！是我，安吉拉·加布里埃拉，神的复仇者！”

那一排食尸鬼停住不动了，法师颤抖起来。安吉拉·加布里埃拉正要冲进来，拔出她的正义之剑。

但是一阵呼噜声让她分了心——是那种尖锐的呼噜声，就像市场上的猪在打呼噜，这声音在小小的塔楼剧场里回响。

安吉拉·加布里埃拉·冯·施瓦恩伯格女伯爵受够了。她从木偶舞台上的座椅里猛地站起来，大步走过侧边的帘子，直接面对她的观众，法师木偶挂在她的右手上摆来摆去。

通常被怀疑的对象都在，它们靠在一排不搭调的椅子上：健忘勋爵、干杯女士、醉酒小姐和困惑将军。安吉拉知道它们都是无辜的。毕竟，它们只是缝在一起的枕头和靠垫，套着精美的戏服，用纽扣做眼睛，用马尾做头发。而第五个观众就是另一回事儿了。

“保姆！”安吉拉叫道，“保姆！”

保姆正打着呼噜，突然眼皮动了动。看到安吉拉，她使劲地鼓起掌，“太棒了，小女伯爵！太棒了！”

“别再叫我‘小’女伯爵了！再有不到一个月的时间，我就十三岁了！”

保姆合上嘴，扶了扶眼镜，拿起她的针线活，一件织不到头的灰色披肩从她肥硕的大腿处垂下来，落进编织篮里。“哦，天啊！”她咕哝着，好让安吉拉可以完全听到，“一个长大了的女伯爵还玩布娃娃。”

安吉拉脸红了，“它们不是布娃娃，是木偶。如果你再不停止扰乱这次彩排的话，下周的演出将彻底失败。拜托了，保姆。爸爸和妈妈都会来看的。我要让他们喜欢这部木偶剧。我想让他们感到骄傲。”

“那就和音乐老师来一个鲁特琴二重奏，那样更像个贵族小姐的样子。”

安吉拉生气了：“木偶剧是严肃的演出，它们在欧洲所有宫廷都有演出。”

保姆向上翻了翻眼睛。“你还穿着童装呢，心思却跟个小大人似的，是不是？你一个上幼儿园的小孩，在这儿讨论欧洲宫廷。”

“我的剧场才不是幼儿园，是爸爸从威尼斯进口来的！帘子是天鹅绒的，舞台是橡木的。”

“确实是。”保姆取笑说，“观众身体里填充的是鹅毛。”她对歪歪靠在自己右边的枕头娃娃眨了眨眼，“难道不对吗？‘健忘勋爵’，你还没准备好在皇宫里跳舞呢，是吗？”

“随你怎么挖苦我，”安吉拉说，“木偶剧才最重要。”

保姆哼了哼，看了一眼安吉拉的最新杰作。木偶的身体被裹在一块脏兮兮的天鹅绒布料里，从布料里伸出来的胳膊和腿是鹅骨头做的，头是用猫头鹰的头骨做的，眼睛那里还是两个空洞。

“这个可怕的东西是什么？”保姆小声问。

“如果你费心看看我的木偶剧，你就知道了。”安吉拉说，勉强掩饰自己的伤心和愤怒。

保姆双手抱胸，“我问了你一个问题。你做了什么东西？你干了什么？”

“我做了一个法师，就好像这还不够明显似的。看看我粘在骨头上的干树叶，这样看起来就像法师干老皲裂的皮肤了。”

“你做的这个娃娃会招来法师本人的。”保姆浑身发抖，“他会从陶场地下的巢穴里出来，和他的那群乌鸦进入你的梦境。他会毁了我们！”

“我的天啊，保姆，”安吉拉叹气说，“如果法师真的能跟死人说话，能制造邪恶的咒语，父亲会对付他的。”

“就算是你父亲也不敢碰他呀。”保姆说，“噢，安吉拉，他的能力是真的，不信你随便问问村里的人。快把那个东西毁了！”

“不！”

“那我来毁了它！”保姆说着，双手抓住了木偶。安吉拉向她冲过来，尖叫着要抢回木偶，但是保姆一定要完成这个使命。她把猫头鹰的头骨扔到石头地板上，把鹅骨头在膝盖上折断，再将这些碎片用那块天鹅绒布包起来。

“你没有权利弄坏我的木偶，”安吉拉哭着说，“我是安吉拉·加布里埃拉·冯·施瓦恩伯格女伯爵！”她愤怒地甩开自己的一头金色卷发，大步走到塔楼窗户边，下巴抬得高高的，挺着胸。

“女伯爵才不生气呢。”保姆说。

“我没生气。”安吉拉牙齿咬得嘎嘎作响地说，“这只是中场休息。”

“是吗？”保姆把十字架从脖子上取下来，绑在那捆邪恶的东西上。然后她回到自己的椅子边，把那捆毁掉的木偶放到针线篮的最底下，再把她的针线活放在了上面。

安吉拉从塔楼的窗户向外看，看着地平线上的那片不毛之地。她关心的只有她的木偶剧，可保姆说得对，这就是个幼儿园。不考虑她的爵位，她就是一个小孩儿，一个小姑娘，一点儿也不重要。她的未来呢？和一个陌生人结婚，困在对方那遥远的城堡里。她唯一能够扮演的就是假装快乐。

就好像她现在没有假装快乐似的。***我很孤单，除了有木偶陪我以外***。她想，***父亲母亲没时间陪我，我能跟谁玩？没人***。

这是真的。作为贵族家庭出身的独生女，她无法和村里那帮顽童混在一起，而其他伯爵的孩子住得都很遥远，跟他们玩简直就是做梦。除了乔治亚娜·冯·藿芬－托芬以外，可和她一起则成了噩梦。她总是嘲笑安吉拉的剧场，还说她傻。后来，她嫁给了阿尔努夫大公，却在泡牛奶浴时淹死了。到底谁傻？

安吉拉吸了吸鼻子，她的视线移向北边，望向阳光灿烂的农场，农场的那边是大片大片的森林还有大山。她想到她做的那些提线木偶，它们都是她依照乔治亚娜和其他人的样子所做的。当然，其中一个是她自己，还有一个是法师，另一个是从那片荒原来的奇怪的神秘男孩儿。他参演了她所有的木偶剧。有时他是个无赖，有时是个恶棍；或者是个英雄，把她从传说中和自己的怪兽部族住在大森林里的狼王手里救了出来。保姆注意到了安吉拉对那个男孩儿的兴趣，她说这很不正常。当然，除了圣经和她的针线活以外，她觉得什么都不正常。

尽管如此，为什么安吉拉想着那个男孩儿呢？他是个农民——没什么地位——头发是跟土地颜色很接近的棕色，脸很苍白，抹上土才有点儿红润的颜色。她家的马车经过时，他就独自一人站在河沟边；或者赶上有盛大节日的时候，他就站在村子广场的边上。安吉拉想象，如果自己距离他十步以内，就需要用一块喷了香水的手绢捂住鼻子。然而，当他看她的时候，她总是满脸通红地转过头去。

安吉拉深深地吸了一大口气。刚想到那个男孩儿不久，她的眼睛就瞟到城堡山脚下的那片芦苇地了——他正在那里，睡着了。***一个人可以自由地来来去去真好呀***。她想，***自由真是太棒了***。

可是，他在她的地盘干什么呢？她应该叫守卫吗？如果他被抓到，就会有麻烦了。但是，如果他图谋不轨，而她却什么都不做，那么他无论犯下什么都是她的过错。他在真实生活中到底是个什么样的人：英雄还是恶棍？

“你在看什么？”保姆问。

“没什么。”安吉拉紧张地说，“该回去排练了。”

“别这么快，我的姑娘。”保姆对危险非常敏感，而这危险正在增加，似乎要形成一场风暴。她走到窗户边，撑在窗扉上，眯着眼好好地看了看，“上帝请救救我们！”

“救我们什么？他什么也没做。”

“噢，但是他会做的，我亲爱的小女伯爵！”保姆指了指乡村大路。

这时，安吉拉意识到保姆害怕的不是那个男孩儿。她害怕的是二十几个向城堡飞驰而来的士兵。队伍前面是一队大马，拉着一个可怕的黑色箱子。这是阿尔努夫大公的阵势，他是瓦尔德兰德大公国的绝对统治者。

囚犯

大公的骑兵冲进庭院，从马上跳下来，迅速占领了门廊。安吉拉听到楼下传来一阵阵吵闹声——她父母的叫喊声、仆人的祈祷声，还有从楼梯处逐渐迫近的武器铿锵声。四个士兵破门而入，她赶紧跑到保姆身边寻求保护。一个士兵毫不费力地把保姆打倒在地。另一个士兵——身形硕大如同一座房子——一把抓起安吉拉扛在肩上。

“放我下来。”她尖声叫道，“我可是安吉拉·加布里埃拉·冯·施瓦恩伯格女伯爵。”

那个士兵大笑起来，扛着她飞奔向楼梯。安吉拉使劲捶打他的背，她的手都被他的盔甲弄伤了。“我爸爸会用铁链把你拴起来的。”

士兵把她往墙上甩，就像甩一袋土豆。安吉拉试图咬他的耳朵，却咬到了头盔和头发。她渐渐坠入混沌，看到大公的六个士兵正把男女仆人赶进一个圈里。

稍微清醒些，她发现自己正被扛着穿过庭院，来到一驾马车旁，马车的窗户上装着栏杆。士兵猛地打开马车门，把她扔了进去。她重重地落在一张木头长椅上。她父母就坐在她对面。安吉拉想扑进他们的怀里，但是她又害怕给家族丢脸。

“打起精神来。”她的父亲严厉地说。

“一切都会好的。”她的母亲附和着说。

车夫扬起鞭子，大马前蹄高抬，仰天嘶鸣，从城堡山上飞驰而下。安吉拉盯着窗户栏杆的间隙，看到自己的家逐渐消失在如旋风般飞扬的尘土中。

“发生了什么事？”她问道，极力控制着自己的语调，“大公在哪儿？”

“他和大公夫人在宫殿里。”她父亲回答说，他的话听上去仿佛一切如常，“咱们被召见去观礼。这些士兵是护送咱们的。”

“也带上保姆了吗？”

“我想陛下只请了咱们去做客。”她母亲说。

“做客？”

“是啊。”她母亲谨慎地说，她给自己扇着扇子，“被邀请去大公宫殿可是一份极大的荣誉啊。别担心，咱们不在的时候，保姆会照顾一切的。”

安吉拉看看父亲，又看看母亲，似乎他们已经疯了。只是，当她看到父亲的手指关节从丝绸手套里凸起，母亲脸上粉底脱落、皱纹凸显，她才明白，其实他们跟她一样害怕。他们也不知道发生了什么事，但无论是什么，他们已无力掌控。这是她第一次看到自己的父母如此无助，她害怕得要死。

*

之后，历经三天的艰辛旅程，他们才到达位于首都的大公宫殿。马车一直沿海岸行走，它在凹凸不平的悬崖上疾冲，顺着石块嶙峋的海滩狂奔，飞跑过河流以及陡峭深谷上的座座桥梁。安吉拉从左边窗户的栏杆向外看，瞥见了大海里美丽的蓝色浪花和白色泡沫；右边，她看到田地和森林向北飞速移动，渐向远山而去。

一路上，士兵们在大公的各个乡村养马场换马，在各休息站驻扎。休息期间，他们从窗户的栏杆间隙往马车里扔一些干面包和奶酪。

伯爵和伯爵夫人比被摘下的花朵枯萎得还快。第一天黄昏，他们就松开了领口上厚重的绸缎褶边。天亮时，他们就用褶边擦汗了。然后，上帝啊，他们摘下了假发。安吉拉以前从来没见过母亲的真头发——灰色的短发——也不知道原来父亲是没头发的。这情景让她惊呆了，就像看到了他们赤裸的样子。

她把头转向一边。当她把头转回来，发现他们正用热切而后悔的眼神凝视着她。她的母亲把手指微微向前挪动了一下，但马上又收了回去。

“妈妈？”

“我只是在想……”母亲尴尬地说，“那个，我不知道……你会不会高兴……你想不想让我抱你？”

安吉拉迟疑了一下，“我不知道。我马上就十三岁了，这样合适吗？”

“我想合适，是的。”母亲话音刚落，安吉拉就被她抱在了胸前。她很高兴没被人看到，特别是保姆。

父亲清了清嗓子，“咱们可以互相讲故事，这样时间过得快。”他轻抚安吉拉前额的卷发，“我知道，你之前在为我们准备木偶剧。跟我们讲讲吧，你讲的故事总是很好听。”

“您真的想听？”安吉拉问，“您喜欢我的故事？”

“当然啦，”母亲好奇地说，“难道你不知道吗？”

安吉拉摇摇头。

“噢，亲爱的。”

很快，安吉拉表演了她的整出木偶剧。她的食指盖在一块手绢下面，这是法师；她的小拇指，是那个男孩儿；她自己则由大拇指来扮演。她父母为她欢呼鼓掌，对她的夸赞比在城堡里时可多多了，她感到非常兴奋。

安吉拉闭上眼睛，一瞬间，马车牢房消失了。她一直想知道她父母爱不爱她。现在，她不但知道了他们爱她，而且还能***感受***到。而且，她知道，自己也爱着他们，永远永远，超过爱世界上的任何东西。

大公宫殿

第三天，也就是旅程的最后一天的深夜，安吉拉感觉到空气中有一层薄雾。起初，它们一小缕一小缕地飘来，轻巧又不易发觉，几乎在被发现之前便消失了。然而，这雾很快就变得大胆起来，如粗手指般的雾盘旋形成很多只触手，它们包裹着马车，在车窗的栏杆间悄然蛇行。各种色彩和光亮都窒息了，只剩灰色。

不久，安吉拉只能看到昏暗之中飘浮的幽灵般的影子——树木和粮仓，以及摇摇欲坠的建筑物。马车离开乡村之后，马蹄不再驰骋于土路之上，而是在城市的鹅卵石路上发出嘚嘚嘚嘚的声响。

“这就是首都，内贝尔斯塔特。”她父亲说，“阿尔努夫大公宫殿就在附近。”

这家人陷入沉默。伯爵和伯爵夫人一阵忙乱，穿戴回自己的假发和褶边领子。

他们路过港口。安吉拉听到一群海鸥的声音、雾号声、钟声、小酒馆里传来的歌声，还看到一艘艘船的剪影和码头，人们正卸下货箱和牲畜。当人们看到大公的军队时，都扔下手中的活计逃跑了。

马车掉转方向，离开码头，向老城而去。狭窄的巷道四处蜿蜒，油灯照亮道路，被煤烟熏黑的黄色火团在黑暗中游弋。***人都去哪儿了？***安吉拉想。好像整个世界都躲藏起来了。

最终，街道变得宽阔，出现了一个公共广场，广场周围全是高大的建筑。安吉拉猜想，白天的时候，这是一个农贸市场，挤满了小摊，小摊上堆满了蔬菜水果，市场中充斥着闲聊和讨价还价的声音，还有吟游诗人和杂技演员，都让这个广场显得生机勃勃。而现在，这里如同陶场一样死气沉沉。油灯和火把在大雾中投下阴影，它们又跳动着消失，就像幽灵一样。

“那是圣西米恩大教堂。”他们路过一栋宏大的建筑时，父亲静静地说，“它的地下墓穴从市集广场的地下一直延伸到大公宫殿地下。”

“那是什么？”安吉拉问，她心存敬畏地指着一根雄伟的立柱。装饰性的台阶盘旋而上，直至柱子顶端。柱子顶端有一顶铁制的华盖，华盖下躺着三口大理石棺材。

“那是阿尔努夫哥哥的纪念碑，纪念仁慈的弗雷德雷克大公和他的妻子以及他们尚在襁褓中的儿子。”她母亲说，“那位可敬的夫人死于分娩。海盗劫船，杀死了弗雷德雷克大公和他的儿子。如果他们还活着，阿尔努夫永远别想戴上大公冠。那样，世界会更美好。”

“嘘，”她丈夫说，“你希望咱们都被割掉舌头吗？”

马车猛然右转，突然停下了。

“我们到了。”她母亲捏了一下她的脸蛋，好像一抹红润的脸色能消除一路的艰辛似的。

士兵们打开门锁。安吉拉慢慢爬出来，她的双腿瑟瑟发抖。她只好扶住一个车轮支撑自己。她并非因为旅途中受到的拥挤和束缚而感到虚弱，而是因为眼前的宫殿。安吉拉往上看，再往上看，再往上看。塔尖、转塔和护墙飞入夜空。每一座塔和护墙上都有滴水兽——有翅膀、角和爪子——它们俯视下方，时刻准备猛扑下来。

安吉拉听到脚边的门后传来哭声，而且哭声越来越大。“这是哪儿来的声音？”她小声问母亲。

“地牢。”她母亲低声说。

哭声和尖叫声被宫殿大门打开时的尖锐声所覆盖。那门有两人高，十二个穿黑色长衫的仆人摇摇晃晃地把门打开。

一位貌似侏儒的先生从拱形的门廊处走上前来。他前额和下巴向前突出，使整张脸看起来像勺子的内部。“阿尔努夫大公陛下现在正在陪伴大公夫人。”“勺子脸”说，“你们将于明早被接见。好了，请随我去住处吧。”

“勺子脸”带着他们上了三层台阶，经过了无数长长的走廊。终于，他们到达了一条大走廊，走廊两边都是一套套铠甲和锁着门的小卧室。

“这是您二位的卧室。”“勺子脸”对安吉拉的父母说，“令爱将住在走廊尽头的卧室。”

“您不会想把我们分开吧？”她母亲的声音听起来如同祈求。

“没关系，”安吉拉说，“我很好。”当然，她感觉并不好，但她不想让父母担心。

这是一间备用房间，她的卧室很大：床上安有罩棚，旁边有桌子、凳子，桌子上面还配有油灯，摇椅的扶手非常宽大。鸭绒被上放置着一件新的睡衣，睡衣上绣着野花图案，还有蕾丝花边。***我脏兮兮的，要穿这么漂亮的衣服，多不好意思***。安吉拉想。

安吉拉刚想到自己浑身很脏，就有一个魁梧的女管家推着铜澡盆进来了，澡盆里装满冒着热气的水，水里散发出茉莉、薰衣草和玫瑰花瓣的香气。安吉拉迅速脱掉衣服，只是还穿着内衣。她并不害羞，但这房子里有种东西让她感到不安：远处的墙上悬挂着大幅《恶魔迎接少女》图。她有一种奇怪的感觉，觉得画中的恶魔正盯着自己看。

洗完澡后，女管家用一块厚厚的毛巾把她裹起来，拧干了她的头发，并给她梳头。“需要我给您铺床吗？”她拿起睡衣问。

安吉拉怀疑地看了一眼画，“稍等，如果可以的话，管家。”她接过睡衣，上了床，把罩棚帘子拉上。这时，她才慢慢脱掉湿湿的内衣，换上睡衣。她冒着险跪下祈祷，顺势往床下瞥了一眼。床下没什么，只有三个灰尘球和一团老鼠屎。

她爬进鸭绒被，“请就让罩棚帘子闭着，”她说，“‘恶魔’看着我睡不着。”

被子里舒适温暖，安吉拉听着女管家把澡盆推出去，再回来拿走油灯。灯光似乎在空气中飘浮游动，一切都很神奇，直至门被锁上，整间卧室陷入了完全的黑暗。

挖出尤里克

回到荒原上，汉斯正准备面对他的恐怖之夜。今晚是新月，克诺贝命令他新月之夜必须完成第一次盗墓。

三天之前，汉斯醒来，看到大公家的马车飞驰奔上城堡山。他内心因为负罪感而痛苦，他要悄悄溜回山洞的家。***从死人身上偷东西太可怕了，***他想，***但是我怎么能抛弃爸爸呢？他救了我的命啊***。当汉斯请求原谅时，盗墓人咕哝着说：“如果你想得到原谅，就给我捏捏脚，它们肿得厉害。”汉斯给他揉搓了肿胀的脚板，克诺贝欢迎他回家。

然而此时，汉斯认为自己也许就该继续留在外面。接下来的一小时内，他将要剥下一具尸体上的戒指、靴子、眼镜和牙齿。他仿佛已经触摸到了腐烂的尸体，感受到了腐败的肉体上渗出的液体所带来的那种潮湿感。

他艰难地咽了一口口水，看到克诺贝披上一件从教堂里偷出来的修士法袍。法袍上带着一个大兜帽，正好挡住了他脑袋和脸颊上被老鼠咬的伤疤。克诺贝认为这是很好的伪装。汉斯可不这么认为。他想，无论是谁看到一个穿修士法袍的人站在被挖开的墓地里，脚边躺着一具尸体，手里还拿着一把铲子，都会很好奇的。

克诺贝扫了他一眼，“你看什么呢，懒骨头？”

“没什么。”汉斯把绳子绕在肩上，拿出了自己的木铲子。他手上的汗太多，铲子差点儿从他手里滑掉。

“你怎么回事儿？”克诺贝质问他，“你就要撬开自己人生中第一口棺材了。拿出点儿热情来！”

汉斯闭上眼睛，试着想象小鸟唱歌，“我准备好了。”

“那咱们出发吧。”克诺贝举起灯笼，引导他们在黑暗中前进，“今晚你的任务确实是在给一位寡妇做好事儿。”他们边走过荒原，他边说着，“你还记得尤里克·格里姆沃尔特吗？那个混蛋输光了钱，留下他那可怜的老婆给他还债。”

汉斯闷声点了点头。

“不过，格里姆沃尔特寡妇可不是傻子，”克诺贝吐露说，“法警还没来得及没收她的财产，她就把财产都缝到他肚子里了。他下葬的时候肚子里填满了钱币和餐具。现在，这个寡妇请我帮忙：让我把他肚子里的东西掏出来，以此换取一点儿珠宝。把财产归还给那个可怜的女人，是仁慈的上帝能让咱们做的最微薄的事情了。”

*

尤里克·格里姆沃尔特和他要下地狱的灵魂被埋葬在陶场不洁的土地里。陶场是村里教堂铁门向外延伸的一片宽广的墓地，是一片可怕、孤独的土地。除了风吹过发出的尖厉声音，就只剩村民的低吟声——他们在寻找法师以求一句咒语，以及法师的恶人团伙在高高的草丛中匆匆潜行的脚步声。

汉斯和克诺贝小心翼翼地穿过坑坑洼洼的荆棘、野草和乱石地，他们时不时地经过用砖块标注的坟墓。然而，更多的时候，坟墓的唯一标志就是地里的一个坑，坑里的棺材都散了架。***被孤独地遗弃该多可怕啊！***汉斯想。

他们来到尤里克的安息之地。汉斯的脸色变得如同月光一样惨白。他开始挖坟，每挖一铲子他的肠胃就搅动一阵。他终于挖到了棺材。他闭上眼睛，幻想自己变成一只小鸟，自由自在地在高空飞翔。然后，他深深地吸了口气，撬开了棺材盖。

尤里克·格里姆沃尔特在活着的时候，身上总有一股腐烂的鱼内脏的味道。死后，他身上的气味也没好多少。汉斯从兜里抖搂出一块破布捂住了鼻子。他睁开眼睛。就在那一刻，一只甲壳虫从尤里克的左鼻孔爬了出来，挥动着它的触须。汉斯顿时就吐了出来。

“以主的名义啊！”克诺贝惊叫道，“没必要把这个活计搞得这么恶心。你对死人的尊敬在哪里？”

“对不起！”汉斯连滚带爬地逃出坟坑时说。

克诺贝骂骂咧咧地慢慢下了坟坑，跨坐在尸体上。他掀起尤里克的外衣，扯开格里姆沃尔特寡妇缝在她丈夫肚皮上的线，针脚都散开了。克诺贝把钱币和餐具掏出来，就像从火鸡肚子里掏出馅料一样。然而，当他从坑里往上拖拉战利品的时候，背部一阵痉挛，让他感到非常难受。

“啊啊啊！”他歪着头对汉斯说，“没用的混蛋，就是你让我背疼。这个月底之前你要抢个墓地，不然，我就把你赶出去。现在赶紧走！”

汉斯从陶场跑掉了，克诺贝的话好像在烧着他的耳朵。他永远也做不到从死人身上偷东西，那么他怎么才能赢得爸爸的爱呢？

他再一次停在城堡山脚下的芦苇荡边。灯笼照亮了山上的大门，里面的走廊中点着火把，火把熠熠闪光。灯光从更高处的护墙上向外闪烁，犹如天上的星星。城堡好像在休息，无比安详、愉悦，等待着尊贵的一家人归来。

汉斯记得他瞥见的那辆大公家的马车。小女伯爵乘着那么华丽的大马车去大公宫殿，真是太棒了。做大公的客人该是件多么令人激动的事情啊。还有那么多士兵供他们调遣，真是让人兴奋。

汉斯希望自己也能如此幸运。

午夜访客

安吉拉在鸭绒被下瑟瑟发抖，女管家把她锁在漆黑的房里还不到两分钟，她已经吓得僵住了。

她告诉自己，这是因为她离家在外，睡在一张陌生的床上，她还告诉自己，床帘另一边的声音并不存在：比如有什么东西在地板上蜿蜒行进的声音、挠木头的声音、墙里面上上下下快跑的声音。

只是耗子而已。她心想，脑海里立即浮现出一幅画面，耗子顺着床腿往上爬，在鸭绒被下面爬来爬去。每次感觉痒，她都想到是老鼠的胡须在作怪；每次有风，她都感觉头顶上的罩棚里有蝙蝠在振翅。

最终，疲劳打败了安吉拉，她睡着了。至少，她希望自己睡着了，因为接下来要发生的事情太可怕了，可怕得不真实。

在噩梦中，安吉拉惊醒了，她听到奇怪的声音，从《恶魔迎接少女》那幅画里传来的。有人或者东西从画布上走下来，落到地板上。地板木条嘎吱嘎吱响，脚步声慢慢靠近了她的床。罩棚帘杆上的铜环轻轻地呼啦啦响，罩棚帘被打开了。

安吉拉感觉到床垫边缘被一股重量压迫，那东西慢慢溜上了床，她整个人都僵住了。它缓慢蠕动着卧倒在她身边，它的手轻轻掠过她的脸颊，摸了摸她的额头，那手指又冷又湿。

“安吉拉·加布里埃拉·冯·施瓦恩伯格。”这是一个年轻女人的声音。

“你是谁？”安吉拉颤抖着问，“你是***什么东西***？”

“我是大公夫人。”

安吉拉的保姆曾告诫她，恶魔有很多化身。变成大公夫人出现，真是聪明。“你怎么知道我的名字？”

“你是他派来的。你就是我的死神。”

安吉拉浑身一抖，“你什么意思？”

“我是来警告你的。他会等到你十三岁生日那天出现，他也是等到我十三岁生日的。但是，他一旦得到了你的嫁妆，就会去寻找下一个新娘，你的死期就到了。”

“谁要我的嫁妆？”安吉拉问，“谁要找下一个新娘？”

“我丈夫。阿尔努夫大公。就在咱们说话这会儿，他正想法子弄死我呢。”

“我才不信你呢。”安吉拉战抖着说，“你是让我做噩梦的恶魔！”

“你觉得我们在梦里吗？”

“不，可是最恐怖的噩梦都像真的一样。我要醒来，我醒来以后，你就会消失了。”

恶魔大笑起来，笑得像一个疯女人。“上一个大公夫人跟我说这些的时候，我也不信——乔治亚娜。他们说她泡牛奶浴的时候睡着了。他们骗人！我丈夫把她溺死了。”

走廊里传来了呼叫声。

“再见。”她的访客说，“祈祷我今晚活下来。”

安吉拉听到有人鼓弄门闩。房间门被猛地打开了。管家冲了进来，后面还跟着两个士兵。“她去哪儿了？”她怒吼道。

“谁？”

“你最清楚了。”

“我不知道。”安吉拉倒吸一口凉气，她的心怦怦直跳，“就我一个人。我做了个梦，恶魔跟我说，我的朋友乔治亚娜是被谋杀的。”

女管家狠狠瞪了她一眼，接着搜查床底下。“什么也没有。”她对士兵咕哝，“今晚我就坐在摇椅上看着她！”

安吉拉重新躺回枕头上。她扫了一眼墙上挂的画，华丽的恶魔俯视着她，他看上去像是在笑。

致命求婚

当晚剩下的时间里，安吉拉都是清醒的。那个人的来访只是一场梦吗？是恶魔耍的把戏吗？或者说，大公夫人真的来到过她身边，是通过那幅画后面的某条密道进来的吗？安吉拉祈祷那仅仅是一场梦或者那个人是恶魔，如果真的是大公夫人的话，她真要被吓得再也睡不着了。

黎明时分，女仆给她拿来新衣服：一件浅黄色的连衣裙，衣服上身绣了很多花纹图案，以起装饰作用；一顶配套的帽子；白色丝绸长袜和贴身衣物；一把象牙扇子；一双缎子鞋，鞋上面还带有银质扣环。安吉拉立刻穿戴整齐和父母会合。他们也一样，穿上了新衣服，戴着精致的假发。她父亲的假发在每只耳朵上边都有三个大卷，她母亲的假发呈一艘船的形状。他们好像是要去参加一场花哨的化装舞会。

这是多么让人难受的娱乐活动啊！安吉拉想。

她妈妈抱住她，“感谢老天，你是安全的。”

她爸爸亲吻了她的额头。“我们听到了叫嚷声，很担心。”

“都是小题大做。”安吉拉微笑着说。她很会表演，她的表现安抚了他们。

一阵铃声响起，“勺子脸”出现了。“阿尔努夫大公陛下已经准备好，可以接见你们了。”他带着安吉拉和她父母进了大公宫殿的大殿，大殿又大又昏暗，以至它的穹顶和后方的壁龛看上去都消失在了黑夜之中。

安吉拉退缩了。她周围全是高高竖立的鹿头、熊头和狼头，它们从高处俯视她。前方，她隐约看见一张橡木桌子，桌子上盖着羊皮纸，还放着大公的印章；一个地球仪；还有大公宝座，宝座是用乌木制作的，上面雕刻的龙栩栩如生，非常神奇；宝座旁边是一把相配套的高脚椅，椅子上还放着红色缎子做的靠垫，椅子中央摆着一尊金色的雕塑，雕塑呈现祈祷时紧紧相握的一双手的形象，雕塑上还嵌着链子。

“朋友们，”阿尔努夫大公说着从阴影中走出来，他穿着军人的胸甲，手、胳膊和腿上也都戴着盔甲。

安吉拉和她的父母全部跪地行礼。

“平身，”他命令道，“看到我忠心的臣民，是多么让人开心啊，冯·施瓦恩伯格伯爵和伯爵夫人。”他转过来看着安吉拉，“你一定是小女伯爵，安吉拉·加布里埃拉。”

安吉拉两次屈膝行礼，“陛下。”

她不由自主地注意到，大公本人和官方发布的肖像画一点儿也不像。大公国里每个贵族家庭的餐厅里都挂着他的肖像画，那画上是一位风度翩翩的年轻人，身材精瘦、脸色红润。然而他本人却是另外一个样子。他的身材如啤酒桶般又矮又胖；他的头发又长又脏，犹如一篮子水蛇；而他的脸庞如同拂晓的天空一般苍白；薄薄的嘴唇发蓝；他的红眼圈看起来很严重；在他左边的太阳穴上，一条粗大的紫色静脉搏动着。

“我相信你们一定睡得很好。”大公说道。

她的父母目光下垂，“是的，陛下。”

他转向安吉拉，“你呢？”

“我睡得很沉，陛下。”

阿尔努夫轻声笑起来，“你真是个出色的演员，小女伯爵，比你父母强多了。可有人跟我说，你做了一个非常可怕的梦。”他用一只戴着盔甲的手掌托着她的下巴，“你别想骗我，我的眼线到处都是。”安吉拉试图将目光转向别处，可阿尔努夫死死地抓着她的下巴，“我再问你一次——这次要说真话——你昨晚过得怎么样？”

“如果您非要知道的话，昨晚非常糟糕。”安吉拉脱口而出，“您还期望什么呢？整整三天，您的士兵把我和我的父母像犯人一样关在马车里。然后我们又被囚禁在漆黑的小房子里。”

大公大笑起来，“好一个伶牙俐齿，我喜欢！”他靠得更近，盯着她，“给我看看你的牙。”他检查了她的牙，仿佛她是一匹马。“牙齿齐全，很好。”他说，“你在宫殿里可以生活得很好。”

“陛下？”伯爵和伯爵夫人疑惑地问。

“我需要一位新夫人。”阿尔努夫说，“我似乎已经找到她了。”

“但是陛下已经有夫人了。”

“啊，已经没有了，”阿尔努夫大公叹气说，“昨晚，可怜的她绊了一跤，辫子被挂在门把手上了。她被扎辫子的丝带勒死了。”

安吉拉感到头晕，不可能再伪装下去了，大公夫人深夜到访是真的，当时她的生命危在旦夕。

她的父母也意识到了危险，她妈妈的脸颊泛起一圈小红点，她爸爸的手指痉挛地抽动着。

“这真是重大的损失，陛下。”她母亲以最恭敬的方式说道，“然而，我们虽为您的提议感到无比荣耀，但大家正为这不幸而感到悲痛，此时挑选新娘，实在不够妥当。”

大公耸了耸肩，“我的悲伤***从未停止过***，我的妻子们都在结婚不久之后便去世了。她们有从护墙上摔下去的，有从楼梯上滚下来的，还有洗澡时睡着了的。上一个笨姑娘还活着的时候，我就请你们来了。我感到应该早做计划。”他对着安吉拉的耳朵悄声说，“向我保证，***你***可不笨手笨脚。”

安吉拉害怕得直摇头。

她父亲清了清嗓子，“请恕我直言，我们的安吉拉还只是个孩子。”

“不是这样吧，”大公更正他说，“再有一个月，她就十三岁了。这个年龄一般就可以结婚了。”

“确实如此，”她母亲点着头，非常惊恐，“然而，事实上，”她撒谎说，“安吉拉已经许诺要进入施瓦恩伯格圣女修道院了，她下周日就要履行自己的诺言了。”

安吉拉大大地咽了一口口水。成为修女并非她为自己规划的未来，不过，这也好过嫁给一个杀人的疯子。

“大公国里的修女多得不能再多了，”阿尔努夫打着哈欠说，“我会给修道院院长捐赠一笔钱。您的女儿就不用兑现自己的诺言了。”

“谢谢！”安吉拉说，吃惊于她自己所发出的声音，“即便是这样，恐怕我还有其他的梦想，而不是做大公夫人。”

阿尔努夫的一条眉毛扬了起来。

安吉拉强忍着说道：“我有一个木偶剧场，我在那里创作木偶剧。我最大的愿望是在欧洲的宫廷演出。所以，您看，我并没有时间做夫人。”

“噢，不过你***会有的***，你可以每晚为***我的***宫廷提供娱乐。”阿尔努夫大公咯咯地笑了，“我很喜欢木偶。事实上，我自己也有一个，一个非常特别的提线木偶。”他左边太阳穴上的静脉开始跳动，他轻柔地按了按，然后走向那把放着黄金雕塑的高脚椅。他抓住穿过雕塑两手中指指尖上的链子，把雕塑提了起来。“被提线拉住的简单玩偶，看我怎么让它嬉戏耍闹。”他猛地一拉链子，那双金手就四处乱跳。

安吉拉礼貌性地鼓了鼓掌，“这双手代表什么？”

阿尔努夫挤了挤眼睛，“它们代表什么不重要——它们捧着的东西才重要。你过来看看。”他把雕塑拿到安吉拉面前。雕塑的两个拇指上有一块小小的水晶窗户。透过窗户，安吉拉看到雕塑所捧着的是两副手骨。

“它们都是我的。”阿尔努夫对她吐露秘密。

安吉拉声音颤抖，“发生了什么？”

“我把它们取下来了。”阿尔努夫漫不经心地说着把链子挂在脖子上。圣骨匣里的骨头嘎嘎作响。

“那您盔甲下面又是什么？”安吉拉指着他戴盔甲的手问道。

“这不是盔甲，”阿尔努夫说，他的声音浓厚得像酱汁一般，“这是我的***新***手。我的***铁***手。看看这些可以活动的手指和关节。”他扭动自己的手，形成一道波浪。“我的手可以写信，或者解决更加***紧迫的***事情。”他走到一尊大理石半身塑像前，“且看我哥哥，已经过世的弗雷德雷克大公。”他把两只铁手分别放在雕塑的两边，双手开始挤压雕塑，大理石变成了粉末。

在场的人都惊呆了。

“我请求圣西米恩大教堂的上一位主教为这双手祈福，”大公温和地说，“他拒绝了我。现在，他的尸体正跟他的殉道士们一起埋在地下的坟墓里。不过，他的脑袋，被装在一个遗体盒里，就放在我的床边。”他顿了顿，继续说道，“当今的主教非常尊重我的意愿。我相信你们也会的。”

安吉拉的父亲鼓起勇气说：“不，陛下！您不能娶我的女儿！”

阿尔努夫大公一把抓住他的脖子，“不，伯爵，我能。”他顺势把安吉拉的父亲举了起来，让他双脚离地，“为我赐福吧。”

“永远不……”伯爵快要窒息了，他的腿在空中一阵乱踢，他紧紧抓住那只铁拳。

安吉拉扑上去跪在大公的脚边，说：“住手！放了我父亲，我跟您结婚！”

“心甘情愿的？”阿尔努夫问，“伤心的新娘可是会让婚礼仪式扫兴的。”

“我将是世界上最开心、最情愿的新娘！”

阿尔努夫松了手，伯爵跌落到地上，阿尔努夫用脚将他踢翻，“至于嫁妆，伯爵，您有个很棒的马厩，我要了。还要从您每个居民手里征收十个金达克特①，作为给我大婚的礼物。”

“十个金达克特！”伯爵夫人叫道，“人民可负担不起啊！”

“有志者事竟成嘛，”大公说，“这是我坚定的意愿。”他拍了拍手，一阵可怕的叮当声响起，“退下吧。一个月后，我在施瓦恩伯格城堡见你们，收我的嫁妆。然后，我会带着你们的安吉拉去大教堂成婚的。”

---

① 达克特，曾经是欧洲很多国家的通用货币。——译者注

希望的微光

从大公宫殿回家的路上，大家都郁郁寡欢。安吉拉试图不去看她的父母，但这是不可能的。她母亲浑身颤抖，像一只冬天里的小麻雀；而她父亲的脖子上还环绕着一条条紫色的瘀痕，就像紫李子的颜色。

突然间，她父亲睁开眼睛，用手摸着自己的脖子，对着她母亲的耳朵低声细语。她的母亲立刻就变得开心起来。

“安吉拉，”她说，“你还记得你受洗仪式上的故事吗？”

安吉拉点点头，“您不知道给我起个什么名字，都到牧师那里了，还是没想好。教堂里有一个聪明的傻子，刚刚来到村子里。”

“隐士皮特。”她母亲几乎无法控制自己的兴奋。

“隐士皮特，是的。”

安吉拉的父亲做了一个手势，示意她继续说下去，似乎希望就存在于故事的讲述之中。

“隐士皮特说，他能看到天使在我身边盘旋，”安吉拉继续说，“他说他们会一直保护我，使我不受伤害。所以您为我起名字叫安吉拉·加布里埃拉。安吉拉就是‘天使’的意思，加布里埃拉就是天使长的名字。”

“对，”她母亲说，“皮特特别友善，我们就让他睡在城堡的干草堆里。一个月后，他离开城堡，去到远方的山里，在那里发现了一个隐居的好地方，适合迷失的灵魂，就像他自己那样。”

“我知道，我知道，”安吉拉皱起了眉头，“可这跟我有什么关系啊？”

“安吉拉，我亲爱的孩子——你父亲和我想把你藏到隐士皮特的隐居之处。你藏在高山的云雾之中，就不会被发现了。”她母亲满脸笑容，犹如胜利者一般。她父亲点点头，也非常高兴。

安吉拉看看父亲，又看看母亲。“那送我去山里的仆人怎么办？大公会折磨仆人，直至他说出秘密，然后找到我，杀掉我。他也会杀掉仆人、隐士，还有你们。”

欢乐的气氛消失了，沉默中充斥着马车的咯吱声以及马蹄的嘚嘚嘚嘚声。她的父母紧紧攥着安吉拉的手。

“安吉拉，”她母亲说，“无论事情看上去如何，永远都不要放弃希望。就算你身边的人都因为绝望而崩溃，希望也会带你走出最黑暗的时光。”她的脸上布满皱纹，她用扇子把脸遮住。

*

回到城堡之后，安吉拉尽力表现得充满希望。***这没什么不好，***她想，***这会让父亲母亲开心***。

“我演一出结局快乐的戏剧，里面还有隐士，你们觉得怎么样？”他们回到城堡一星期后，她问父母。她的父母正坐在木偶剧场的观众席上。之前，他们总是不在；如今，他们时时刻刻都在她身边。当他们以为她看不见的时候，他们会偷偷哭泣，这让她感觉非常糟糕。

她的父亲变得兴奋起来，“一出戏剧？太好啦！”他的喉咙几乎不再沙哑。

她的母亲试图挤出一个微笑：“我能帮你吗？”

安吉拉开心地笑起来：“您愿意吗？”

马上，伯爵就开始搭建背景；伯爵夫人做隐士身形的牵线木偶，她用大颗的珍珠做眼睛，用白色的粗线做胡子；保姆编织其他服装；安吉拉用鹅毛笔在羊皮纸上写作，撰写出最高贵的台词。

那晚，她为她的三个观众演出了这出戏剧。这是一出浪漫的戏剧，其中的角色有隐士皮特、他的隐居同伴、那个男孩子——饰演一个低下的牧羊人——还有安吉拉·加布里埃拉，神的复仇者。经过许多冒险和几首歌曲之后，忠心的伙伴们摧毁了阿尔努夫大公和他的党羽。

她的父母笑起来，为她鼓掌，就连保姆都看得非常开心。

沐浴在他们的关怀之中，安吉拉对自己的发现感到惊奇。她越是表现得高兴和充满希望，她就变得越高兴和充满希望。靠着努力伪装，她把这份假装出来的心情变成了真的。至少此刻是这样的。当晚，她的恐惧又回来了。她梦到自己被牛奶淹死，被丝带勒死，从护墙上被推下去。

日子就这样继续下去：白天演出戏剧，晚上做起噩梦。随着大公到来的日期越来越近，恐惧感也越来越频繁地在白天冒出来，直到所有她伪装出来的希望和幸福都消失殆尽，她从一场场噩梦里醒来，整日活在恐惧之中。

就在她要被带走的前一天晚上，安吉拉做了一个噩梦，这个梦既可怕又真实。在一片黑森林里，她被一只看不见的怪兽追赶。安吉拉摔倒了，她站不起来，那东西就站在她面前，是巫师。“你需要的东西我都有。”他说完就消失了。

安吉来醒来了。梦的意义如同雨水一样清晰。所有人都说法师有毒药，而这***刚好***就是她所需要的。就像她的老师给她讲的故事里提到的毒药一样。这个故事发生在两个家族之间，一个像她一样大的女孩爱上了仇家的男孩儿，但她又被迫和她的表哥订了婚，为了逃避这场婚姻，她服了一剂毒药，服药之后看上去就像死了一样。

很不幸的是，这个故事的结局并不好——故事里的男孩儿和女孩儿都死了——但安吉拉很肯定，自己的结局要比他们强很多。在大公到来前，她就喝下法师的毒药，躺在地上沉睡过去，像死了一样。阿尔努夫将看着她被埋葬在她家族的地下墓穴，然后他就会回去了。之后，她父母再把她挖出来，藏到隐士皮特那里，她将在那里隐居，从此过上幸福的生活。

安吉拉立刻跳下床，她必须马上找到法师。她应该告诉她父母吗？不！他们可能会阻止她。至少，他们会坚持护送她一起去找法师。她当然希望这样，但是她并不想把他们置于危险之中。

走廊的钟声响起，已经是午夜时分，没有时间可浪费了。安吉拉踮着脚尖穿过走廊。大家都睡得很沉，她来到父亲的书房，从他书桌的暗格里借走了一枚金币；然后她又从书房去了塔楼剧场，从那里抓了一件女乞丐的服装，还拿走了保姆一直织不完的羊毛大披肩。就这样，带着唯一的武装——希望——她溜出城堡去陶场寻找法师了。

危险任务

安吉拉边往城堡山下走，边演练自己已经准备好的说辞，以防任何人找她的麻烦。这是从她的一出戏剧中摘选的台词："我和法师有要事商议，你最好别理我。否则的话，他会把你送到地狱门口。"她偷偷摸摸地前行，如同她想象出来的夜行生物那样鬼鬼祟祟地走路，穿过磨坊场和村庄的时候她都走在阴影之中。很快，她就来到了墓地中，旁边就是陶场。

安吉拉以前从来没有找过法师办事，不知道怎么才能找到他。在她的木偶戏剧中，她想象着他是用一小团火为她引路的，但现实中并没有火。保姆告诉她，村民们找他是为了和死人通灵，或者施展咒语毁掉他们敌人的庄稼又或者用咒语把敌人的孩子变成卷心菜。所以，她躲在一丛灌木后面，打算跟踪村民去找法师。

一个小时过去了，她还在等。***我可能要一直等下去，***她想，***我要自己去找***。安吉拉站起来，把这片场地想象成一个很大的舞台，然后登上了舞台。

很难看清楚应该往哪里走，一块厚重的云被吹了过来，月亮和星星都被卷进了云床之中。她拨开眼前的云雾，以避免跌进灌木丛里，但脚趾还是踢到了坟墓前用砖头垒的墓碑。最大的麻烦是保姆的披肩。披肩的针脚粗糙，总是被看不见的东西钩住，就像有手指从暗夜里伸出来掐她一样。羊毛线在她的耳边摩挲，就像有人在对她低语。

安吉拉停下来站住，那些低语和拉扯也都停止了。“是谁？”

寂静。

都是我的想象。安吉拉浑身颤抖。她回头望向村庄所在的位置，然而所有的灯光都已熄灭。她到底在哪里呢？她把披肩从头上取下来，原地打转，四下皆为无名之处。

就在此时，她听到了一个声音。一阵缓慢而有节奏的脚打节拍的声音。不，那不是打节拍的声音。那是什么呢？砰砰声？铛铛声？不管是什么，总之在某个地方有某个东西——某个地方的某个东西也比无名之处什么也没有强啊。

安吉拉朝着那声音跑去。她越跑越近，听到了砰砰声和咕哝声，还看见一小束微弱的光线在夜幕中挣扎。她继续跑，被脚下的一个黄鼠狼洞绊倒了。她哭出了声音。

光线消失了，砰砰声和咕哝声也停止了。她现在听到的是一声咒骂和一阵慌乱声。

“停下来！等等！我知道你在那儿！”她大叫道，朝着光亮的方向更快地跑去。地面消失了，她踩空了落下来，摔到一块很硬的东西上。她感觉那东西像一块腐烂的木板，她两边的土都堆得很高，那股味道是她闻到过的最恶心的臭味。

她察觉到土墙很高。怎么逃出去呢？她脚下的木头塌陷了。她的脚踝陷进了黏糊糊的东西里。她疯了一样试图爬出来，反而使土变得越来越松。土落进她的眼睛和嘴里。她害怕这个洞会坍塌，把她埋在地下。“救命啊！拜托，快回来！”

一只手伸了下来，抓住了她的手。“你是谁？”她气喘吁吁地问，“你是***什么***？”没有回音。安吉拉把这当作了暗示，说，“我和法师有要事商议，你最好别理我。否则的话，他会把你送到地狱门口。”

“你和法师有事儿谈？”

“我真的找他有事儿。”安吉拉用最夸张的嗓音说，“带我去他的住所，我要寻求他的法力帮助。”这句台词在她的剧场里听起来效果更好一些。但在这里它仍然达到了想要的效果。那个拉她上来的人打开了灯笼上的遮板，然后倒吸了一口凉气。

“小女伯爵！”

安吉拉惊呆了，“怎么回事儿？你就是荒原那边的那个男孩儿！”她低头往洞里望了望，“我掉进了一个坟墓里。我听见的是你挖坟墓的声音吗？”

汉斯看起来非常局促不安。

安吉拉大口地喘着粗气说：“就是的，不对吗？你是个盗墓贼！”

“不，我不是的！”

至此，汉斯说的没错。汉斯确实挖开了墓穴，可他还没有加入“盗墓者伟大社团”。整个月以来，他都睡在洞穴外面。他被暴雨淋得湿透，被蚊虫叮咬，被阳光晒醒。终于，他请求克诺贝允许他将功补过。今晚本来是他赎罪的机会。然而，小女伯爵的到来、克诺贝的逃窜，将他置于世上最糟糕的境地——在父亲眼里，他一败涂地；在她眼中，他恶贯满盈。

“您在这儿很危险。”汉斯闷闷不乐地说，“让我送您回城堡吧。”

“不见到法师我不回去。”

夜空之外，传来一阵笑声，这笑声冰冷干涩，如同桦树叶发出的沙沙声，“啊，小女伯爵，我一直在等您。”

法师巢穴

法师飘飘忽忽地出现在视线之中，他用一根长长的木杖探索前行的道路。他像一个幽灵，没有毛发，面色惨白，又高又瘦的身体被包裹在一套脏兮兮的天鹅绒长袍里。他的耳朵已经萎缩退化，鼻子和嘴唇都是腐烂的。他没有牙齿，也没有眼睛，眼窝里没有眼珠，空洞地泛着灯光照出的阴影。

“你来多久了？”安吉拉小声问。

“自从您想到我的那刻起。”法师回答说。他用干枯嶙峋的长手指从肮脏的衣服里掏出两颗乌鸦蛋，把它们装进眼窝，“从您离开城堡以来，我就一直在观察您，我的乌鸦眼线在整片夜空盘旋。”

“快跑！”汉斯喊道。

“你自己跑吧！”安吉拉呵斥他说。

“小女伯爵，求您了，您不知道他都要做些什么，他还有他的恶人团伙！”汉斯哀求着，“就是他们告诉他您在这儿的，请记住我的话。他们都是邪恶的男孩儿，欺负弱小，还折磨小猫。当我还是小孩子的时候，他们试图把我引诱进黑暗里。他们——”他的眼睛睁得大大的。

安吉拉回头看去。十二个顽童在灯光下潜行。有几个手中握着石块，其他人手里拿着棍子。他们都不到十岁，可他们的眼里透出威胁的光，让安吉拉感到一种深入骨髓的恐惧——这些就是在黑暗中捉弄她的恶魔。

法师如蜥蜴般的舌头在灰色的牙龈之间急突，“小女伯爵和我有事相商，孩子，你快离开，免得我派我的宠物到你的洞穴去。”

汉斯跌跌撞撞地向后退了几步，跑掉了。

法师转向安吉拉，“我的小姐。”

灯笼熄灭了。世界变成一片黑暗。安吉拉听到恶人团伙低低的口哨声。为什么在她还有机会的时候却没有逃跑呢？

“您没有逃跑是因为您别无选择，”法师在她耳边说，“您不是选择我，就是选择嫁给大公，被他杀死。”

安吉拉大吃一惊。法师是怎么在背后跟踪她的？他怎么知道她在想什么？这都不重要。已经无法回头了，她独自一人在黑夜里被困于活生生的噩梦之中，还被一群野蛮的孩子包围着。

“法师，我要寻找……我要寻找……”

“我知道。”

“我可以付钱。”

“我知道。”

他在她周围使劲嗅着她的气味，这让安吉拉浑身起鸡皮疙瘩。“法师，”她试图稳住自己的声音，“如果我回到城堡，我还能拿更多的金子给你。”

“您认为我需要金子吗？”

“你不要吗？我以为村里的人……”

“您不是村里的人。”法师说着拉住她的手，带她穿过黑暗，由黑夜的气息和味道做指引。

“你要带我去哪里？”她试图把手抽走，但是他的爪子比大公的铁拳抓得还用力。

他们进了一丛灌木，法师放开了她。安吉拉试图逃跑，但是无论她向哪个方向跑，都会被荆棘刺伤。她跪倒在地，哭了起来。她再也见不到她的父母了吗？

在她身后，传来一阵空洞的旋转开动的声音；有什么打开了。法师伸手穿过黑暗，把她扶起来，带着她走下一段楼梯，到了地下。正在打开的那个东西戛然关闭了。

法师打了个响指，头顶上的灯光亮起来了。

安吉拉在一间土房子里。植物的根透过房顶长到下面来了；虫子从墙壁里爬出来；十二个快要散架的鸟笼子沿着后墙排列开，每个笼子里都有一只宠物乌鸦；沿着墙壁摆放着许多架子，架子上有数不清的碗和坛子，里面装着草药、虫子和动物的尸骨；房间的角落里堆放着一堆一堆的骨头；灯下有一张小桌子，桌子上躺着半颗头盖骨，三颗腐烂的牙齿嵌在上面。

“我会死吗？”安吉拉问。

“现在还不会。”法师说。

安吉拉的眼睛睁得大大的，十分害怕，“你什么意思，***现在***还不会？”

“来吧，不用害怕。我的意思是，咱们都将在指定的时间和地点死去。你想找我要一剂毒药，我带你来这里拿毒药。”

安吉拉放松了下来。“谢谢你，法师。”她颤抖的手拿出她从父亲书房借出来的金币，“这是对你的酬谢。”

法师很容易地从她手里拿走了金币，就好像他有眼睛能看到一样。他用舌尖辨识了金币，又用牙龈轻咬。他转动手指，金币消失在了空气中。“靠墙坐着。”

等安吉拉坐好，他往骷髅头里抹上一口唾沫，“那么现在，”他咕哝着，“一点这个，一点那个。”他的双手在屋子各处飞舞，把少量的草药、菌类和虫子的尸块放进这只骨制的混合碗里。然后他打破眼窝里的两颗乌鸦蛋，蛋黄从他的脸颊流下，流经他的下巴，最后流进骷髅头里。他疯狂地搅动，边说古语边咯咯笑着，同时，乌鸦们在笼子里叫唤。最后，他把结块的混合物倒进了一个玻璃小瓶，把小瓶子举到她的鼻子下面。

“闻一下我的杰作的味道，您会在十二个小时的时间里，看上去跟死了一样。”他说，“之后，您将醒来接受您的命运。”

安吉拉感到不寒而栗……

*

等到安吉拉再次有意识时，她已经在坟地里了。玻璃小瓶子装在布袋子里，挂在她的脖子上。汉斯在她身边。

“您还好吗？”他问。

“我不知道。”安吉拉眨眨眼睛说，“我怎么到这里的？”

“我把您拽回来的，从法师丢下您的地方。”

“你怎么找到我的？你跑掉了呀。”

“不远，我跑得并不远。我跟着您的脚步声，您消失在那片荆棘地里。几分钟之后，他把您带了出来，把您扔在那棵枯树边上了。”

“你跟在我身后？真勇敢。”她说。

他眼睛盯着地说：“我不勇敢。”

空气中有一丝薄雾，马上就要到黎明了。

“我可以陪您走回城堡吗？”汉斯问。

“谢谢你，不过我自己能行。”

“别这么肯定，恶人团伙还在周围不远呢。”

安吉拉犹豫起来，“呃……如果你没什么别的事儿干的话。”

他们沉默而行。汉斯羞涩地偷偷看她，安吉拉则假装镇定。他带她走田地里的捷径。当他们到达城堡山脚下的河沟时，他们停住了脚步，两两相望，谁也不知道该说什么。

“我刚刚想起来，”安吉拉突然说，“我还不知道你的名字。”

“汉斯。”

“汉斯？”

他的脸红了起来，“是的，汉斯。一个和我本人一样简单和不重要的名字。”

她想说：***你并不是不重要。你是从荒原来的神秘男孩儿。我大多数戏剧里的英雄和恶棍都来自那里***。然而，她最后说的却是，“我叫安吉拉。”

他点了点头。

“那么，汉斯……我想我应该说谢谢你……嗯……呃……再见。”在做出任何尴尬的举动之前，安吉拉飞快地上了山。她可以感觉到汉斯在背后注视着她，在河沟那里守护着她。一种新奇和开心的感觉刺激着她的前额。

“汉斯。”她自言自语地笑起来，他名字的发音就让她开心，“汉斯，汉斯，汉斯。”

活埋

“十二个小时之后我就能醒来，你们就从墓穴把我救出来。”安吉拉告诉父母。

她一回到城堡就独自一个人来到父母的房间，她认为，趁他们还在睡觉的时候把计划告诉他们比较明智。这样的话，他们还不太清醒，不至于发火，而且，即使她母亲昏倒的话，也不会倒在地上摔坏脑袋。最重要的是，她可以避开仆人们的尖耳朵，那些人最大的爱好就是边喝稀饭边八卦。保姆尤其擅长讲故事，能把谣言说成真的。

她预料到父母会非常震惊，然而她还是期待父亲能说一些更好听的话，而不是“我的上帝呀，你这是做了什么?!”

安吉拉为母亲吹了一口嗅盐，她在这种场合总是带着这个东西。“法师的毒药是我和真正的死亡之间唯一的屏障了。”安吉拉请求说。

她的父母不得不承认这是事实。

“为了骗局能成功，你们必须好好扮演各自的角色，”安吉拉认真地说，“父亲，为了避免被怀疑，您必须在庄园各处忙碌起来，就好像在准备一场喜庆的活动。同时，差人把牧师请来，让他为大公的到来祈福。如果他在这里，我的葬礼就能马上举行。”

“你的葬礼……”她母亲重复了一句，恐惧已经让她头昏脑涨。

“妈妈，拜托，我需要您保持镇定。”安吉拉坚定地说。她的母亲紧紧抓住床单，借以安慰自己，伯爵也把一只手放在她的肩上。“您的任务，母亲，就是让保姆忙着准备我的新娘行李，以及迎接大公的宴席上的花束。这些花在我的葬礼上也会起到作用的。”

她母亲浑身发抖。安吉拉凝视着她，“一切安排好之后，去您的起居室，等候大公。您一看到他的马车，就跑上楼去，您将看到我已经倒地。把装毒药的空瓶子藏在您的上衣里，然后拉响警报。”她抓住父母的手说，“让我们为了生命而表演吧。”

安吉拉来到她的剧场，在那里倒数最后的几个小时。时钟每次敲响的间隔好似永久。最后，当她想离开窗前去玩木偶的时候，她看到大公的马匹扬起的阵阵尘土，尘土暴露了它们的行踪，它们正飞奔过村庄，朝城堡奔来。

她感到一阵头晕。她抓紧塔楼窗户的窗框。***集中精力***。她对自己说。她从兜里拿出毒药后躺在地上，毕竟站着喝下毒药不太合理。谁知道她的衣服会成什么样？她尝试着从著名画作中看到的各种死亡姿势。

她母亲冲进屋子，跑到她身边。

“答应我，我醒来的时候，您在我身边。”安吉拉轻声说，“别让我自己跟死人待在一起。”

“永远都别害怕。”

安吉拉对妈妈微微一笑，“我爱您。”

妈妈抱着她说，“我也爱***你***。”

安吉拉把毒药举到嘴边，喝了下去。

*

阿尔努夫大公来到之后发现一个信使冲向村庄，整个城堡一片骚乱。在楼上，他发现伯爵和伯爵夫人正捧着假发哭泣，牧师正在主持仪式最后的部分，而他的准新娘却冰冷潮湿，犹如十一月的青蛙。

“死了？”阿尔努夫暴怒，“她怎么敢死？”

“就是看到了您的马车，”伯爵夫人哭着说，“我们的小天使太高兴了，激动得死去了。”

阿尔努夫放一面镜子在安吉拉的鼻孔处，并没有气息使镜子表面起雾；他往她眼睛里吹气，而她的眼睛一眨不眨；他听听心脏，却没有跳动声。最后，他站起来，往后退了退，观察着她巧妙的姿势，“至少她这个样子不笨拙。”

“趁着她的脸颊还有些光泽，快把她埋了吧，”伯爵呻吟道，“家族的坟墓里有一口棺材是为我预备的，让它装下我亲爱的孩子吧。”

“随您怎么办吧，”阿尔努夫说，“我可没时间浪费在一个死掉的女孩儿身上。把她死时穿的衣服给我，我要收藏。”

不到一小时，安吉拉就可以下葬了。她被穿上朴素的白色衣服，放在一副镀金的担架上，身上撒满了紫罗兰和勿忘我，由六个脚夫抬着去往施瓦恩伯格家族的地下墓穴。家族的墓穴是几个世纪之前建造的，就位于离城堡山山脚不远的一片小树林里。墓穴的墙壁有一英尺[①]厚，墙体非常结实，墙上也没有窗户，墓穴的铁门一旦关上，整个墓穴都将缺氧。

听说安吉拉去世了，整个小城都空了，村民们都涌进庄园瞻仰小女伯爵。仆人们把村民们引领到坟地，他们保持着祷告时的安静状态，一方面是出于对安吉拉的尊敬，另一方面是出于对大公的惧怕，他的兵就懒洋洋地待在附近的树下。

在所有的哀悼者中，有一个年轻人在脸上涂了泥土来遮盖自己苍白的脸色。在他短暂的一生中曾探访过许多坟墓，然而在这个坟墓边，他第一次哭了起来。

当牧师念完最后的祈福词，安吉拉的父亲把她抬进了坟墓。红木的棺材匣子，有八层书架那么高，围着巨大的坟坑一圈摆开，像雏菊的花瓣一样指向坟坑中间。安吉拉的大棺材就

---

① 一英尺相当于 48 厘米。——译者注

放在正中间。

伯爵和伯爵夫人捋了一下他们女儿散在蕾丝枕头上的卷发，把她的珠宝和她最钟爱的东西放在她身边——镶着他们照片的纪念盒吊坠，带芭蕾舞演员的音乐盒，还有安吉拉·加布里埃拉外形的牵线木偶。之后，他们啜泣着互相拥抱。

脚夫们上前去盖上棺材。十二个雕花的铃铛在棺材和棺材盖两边响起。当棺材盖往下盖的时候，铃铛就形成坚实、平行的几排互相咬合的齿状物。刻有装饰花纹的杆子——也是红木的——穿过铃铛的孔，把棺材密封起来。

“等你们哭完了，”阿尔努夫对那对伤心欲绝的父母说，“再陪我走到马车那里。”

伯爵和伯爵夫人照他说的做，以为他要私下对他们表示慰问。让他们吃惊的是，他们刚刚坐下，马车就开动了。马车上了大路。安吉拉的父母在阿尔努夫面前身体僵直，就像老鼠遇到蛇一样。然而，当马车驶进村庄的时候，伯爵无法再沉默了。

“咱们要去哪里？”他紧张地问。

“回家。”大公打着哈欠说，还往窗外望了望。

伯爵夫人想象着安吉拉在棺材中醒来，“可我们必须留在这里。我们还有要紧事办。”

“比如说？”

“比如说……哀悼。”伯爵结结巴巴地说。

“你到了目的地也可以哀悼。”大公说。

“目的地是哪里？”

“疯人院。”

“我不明白。”伯爵夫人倒吸了一口凉气。

“噢，可是我觉得你明白。”

他们已经到达了陶场的另一端。一个瘦骨嶙峋的人站在河沟边上，他披着肮脏的天鹅绒长袍，一群乌鸦在他头上盘旋。马车停了下来，阿尔努夫打开了车门。

“法师！”伯爵和伯爵夫人惊声大叫。

“和安吉拉·加布里埃拉的父母重逢，多么令人愉快啊！”法师说。他进了马车，安吉拉的金币在他的左眼窝里闪闪发光，像一个令人毛骨悚然的单片眼镜。

“那个女孩儿看起来跟死了差不多，法师，”阿尔努夫说，“你的毒药做得不错。”

法师狡诈地一笑，“毒药的配方在我们家族流传好几个世纪了。”

阿尔努夫身体前倾，说：“在我去你们城堡的路上，法师拦下了我的马车，提醒我你们要耍花样。作为奖赏，我已经任命他为我的最高大法官，而且命令他运用自己的能力彻查那些背叛大公的人。”

法师对着伯爵和伯爵夫人微微一笑，“想想吧，我，一个你们避之唯恐不及的人，成了大公手下最重要的大臣。上帝是公平的。”他对大公点点头，“我将思念我的地窖。然而，我将在您的地下墓穴中得到慰藉。是的，我还要把我的小恶人团伙安排到大公国的每一个角落。”

伯爵夫人紧紧抓住扇子，“你怎么知道，安吉拉找你要毒药是为了逃避婚礼？”

法师张开他骨瘦如柴的手指，放在他枯瘦的胸膛上，“我怎么能不知道呢？一个准新娘要装死，别人还能想到什么呢？人们都说我没有心，但我能读懂人心。”

伯爵艰难地咽了咽口水说：“大公，我们的安吉拉午夜时分就会醒来。求求您，放过她。请立刻回城堡去。”

“为什么呢？”阿尔努夫说，“如果坟墓的墙壁薄一点，我们就可以伴着她害怕时发出的美妙音调，在小树林里野餐。可是墙壁太厚了，坟墓会把她的尖叫声吞噬。”

“可她会被活埋的！”

“我的意思就是这样，没错。”

伯爵夫人痛哭起来，她浑身颤抖。伯爵突然扑向大公，阿尔努夫的铁手指轻轻一弹就制服了他，“想想你的安吉拉在棺材里醒来，多有趣呀。她想伸展一下。噢，棺材里太狭窄了？她试图呼吸。噢，天哪，密不透风？但是有一件事儿她肯定会做，那就是尖叫，不停地尖叫。呼唤她的爸爸妈妈——可他们永远都不会来了。”

死人复苏

太阳落山了。天越来越晚，毒药的效力渐渐消退，一阵微弱的脉搏温暖了安吉拉的肉身，她的眼珠在眼皮下动来动去。她正在做梦，一个非常可怕的梦。

她是一出戏剧里的木偶，她在剧中所有的场景都被大公更换了，“我的台词是什么？我现在该说什么？”

其他的木偶都盯着她看，“你不是个无所不知的女孩儿吗？”

她试图从舞台上跑开，但却不停地摔跤，她的腿被牵着她的线绳缠住了。她越是挣扎，线就缠得越紧。灯光都熄灭了，她被扔进一个储物盒里。

黑暗中传来一个声音，“可能你的木偶剧也没那么愚蠢。”是乔治亚娜·冯·藿芬－托芬，她身上闻起来有一股馊牛奶的味道，苍蝇围着她嗡嗡地飞。

安吉拉非常困惑，“你已经死了啊。”

“噢，是的，死了很久了。”乔治亚娜同意她的说法，“你很快也要死了，我们仍然是姐妹。”

此时，安吉拉才意识到自己在做噩梦。

“你被大公谋杀了，真是可惜。”她对乔治亚娜说，“我真的希望我没有笑出来。如果你不介意的话，我现在就要醒了。”

安吉拉皱了皱鼻子，想了想她平时都用哪些办法把自己从噩梦中唤醒。但当她眨了眨眼睛让自己醒来时，却发现自己所在之处如同噩梦中梦到的一样：狭窄不堪、闷热憋气的小盒子，盒子里没有声音，也没有光亮。此外，这个地方更加糟糕，因为它是真实存在的。

我可能是在哪里呢？她想，***噢，不！我的计划！我被锁在棺材里了，和死人一起被关在墓穴里。***

安吉拉疯狂地猛敲棺材盖，它却纹丝不动。

她深深地吸了一口气，又吸了一口气，再次吸了一口气。一切都会好起来的。她的爸爸妈妈会来的，他们会救她的。

然而，时间一点点过去，他们还是没来。又过去了一段时间，还是没有人来。她浑身冒着冷汗。出状况了，她的父母不会来了，现在不会来，永远也不会来了。

空气越来越稀薄。很快，空气就会耗尽，她也将渐渐睡去。可这次睡过去之后她就再也无法醒来了。

安吉拉用手抓棺材盖，尖叫着：“救命！来人呀，救命！我不能就这样死掉！不！”

安吉拉一直很讨厌结局悲惨的故事。所以，当她听到乔治亚娜的鬼魂声呼唤她进入无知觉状态时，她鼓起了勇气。“我编好了一出喜剧。”她对着黑暗宣布道，“也就是说，结局是美好的。你听见我的话了吗？一个美好的结局！我坚持要美好的结局！”

入会仪式

汉斯从葬礼上回到家。整个白天和傍晚，他都带着悲伤漫无目的地四处瞎逛。现在，他只想闭上眼睛，让整个世界消失。然而，爸爸可不给他这个机会。

“今天晚上是你第三次，也是最后一次机会加入‘盗墓者伟大社团’。”克诺贝边说边从洞穴里拖出干活用的家伙。

“什么？”

“你必须抢了冯·施瓦恩伯格家的坟墓。小女伯爵有好多好多财宝。她父母太伤心了，把所有东西都陪葬了。”

汉斯在火坑边垂头丧气地说：“拜托，爸爸，不要。”

克诺贝用一个粗麻袋打他，“跟平时的活儿一样简单。我很多年前就挖了一条地道，把伯爵的祖先从他们漂亮的财宝里解放出来。入口藏在大石头和荆棘后面，挖个五分钟就能清除障碍。然后，再爬进去一点点就能拿到宝藏了。”

“咱们不能让死人清净一晚上吗？”

“绝对不能！咱们说话这会儿，大公的士兵正在抢劫城堡呢。要是到了明天早上，他们就要去坟墓里偷东西了。等他们把坟墓洗劫一空，就啥也不会留给咱们这样的老实人了。”

汉斯把头埋在手里，“我不能偷安吉拉的坟！我不能。”

克诺贝挠挠屁股，“你是谁啊你，都能直呼小女伯爵的名字了？”

“这跟您没关系。”

“你爱上了一个死去的丫头？”克诺贝大笑。

汉斯的脸红了起来，“她是我的朋友。”

“噢，可不是嘛，”克诺贝嘲笑他说，“一个要好的朋友。她是伯爵，你是盗墓人的徒弟。”

汉斯拿起一块石头，突然站了起来，克诺贝往后跳了一下。汉斯用震惊的眼神盯着石头。他把石头扔了，大哭起来。

克诺贝困惑地凝视着自己的儿子。他不知道为什么这孩子哭了起来，或者说为什么他感到自己心软了。他被施了咒语吗？或者被放了毒气？让他感到惊恐的是，他意识到自己感受到的是情感。可是，情感并不能为他抢来财富。

他捏了捏汉斯的肩膀，“我不了解爱情，”他粗声粗气地小声说，“可是你的安吉拉已经死了，流眼泪也不能让她复活。不过，你能挽救她珍贵的陪葬品。如果你不去，它们就要被大公的士兵们抢走糟蹋了。你想这样吗？”

汉斯摇了摇头。他父亲说得对，安吉拉的纪念品应该被保护起来。等士兵们走了，他再把它们还回去。他擦了擦眼泪，“咱们走吧。”

*

安吉拉隐约感觉到遥远的砰砰声、咚咚声和嗖嗖声，“他们来救我了。”她在生死的一线间隔中低语。

“他们来得太晚了。”乔治亚娜回答说，拍打着被她卷发上凝结变质的牛奶吸引过来的苍蝇。

安吉拉听到有人在墓地的下面蜿蜒行进，瓷砖被用力往上推，然后被推到地面一旁的声音，还有人边咕哝着边进到墓穴里的声音。

“他们来救我了……来……”她的声音飘到了另一个世界，她在那个世界徒劳地呼喊着，***在这里！我在这里***。

汉斯提着灯笼出现在坟墓远处的一角。他必须抓紧工作：阿尔努夫的士兵随时都可能到来。汉斯挤进两排棺材之间，扭动着身体到达墓室中央。

安吉拉的棺材就在他眼前，被安放在一个平台上。汉斯放下灯笼，使劲从棺材两边互相咬合的铃铛中间移除棍子。他用力一推，棺材盖被推到一边，摔到了地上。

汉斯放下肩膀上的布袋，往袋子里装安吉拉的财宝。他决不看她的脸。因为如果他看了，他知道自己就会跑开，这让她失望。但是，当他完成任务之后，他靠在棺材上，往下凝视，“请原谅我。如果我不是个懦夫，我是不会让巫师把我赶走的。

就是因为他，你才死的，不是吗？就是因为**我**，你才死的。”

汉斯注意到一个奇怪的现象。安吉拉的双手放在她的头两边，手掌朝上。他把她的手摆到合适的位置。

毫无征兆地，尸体抓住了他，睁开了眼睛，还坐了起来。

汉斯尖叫起来。

安吉拉也尖叫起来。她松开了汉斯，汉斯倒在地上拼命地吸气。“你终于来救我了！谢天谢地！是我爸爸妈妈派你来的吗？你怎么这么晚才来？”

“我……我……我……你……你……你……”汉斯急忙向后退。

“怎么了？”安吉拉问。

“你死了呀。”

安吉拉这才意识到他很害怕，“如果你以为我死了，那你在这儿干什么？”答案显而易见，“我的珠宝！”她大叫起来，指着延伸向他身边麻袋的连串散落的宝石，“你来是为了偷我的坟墓！你就等着被我爸妈发现吧！”

“不是你想的那样！”

“别跟我说我想的是什么！”安吉拉吼了起来，冲出她的棺材。

汉斯从坟墓架子的空隙处跑掉了，他跳进地道，用最快的速度爬了出去。

安吉拉抓起珠宝装进被扔下的袋子里，抓起灯笼紧跟其后。可是当她爬出来见到月光时，她看到他正跟一个拿着铲子的修士激动地说着什么。安吉拉不知道他们在说些什么，但是她很肯定，她并不想留下来弄清他们的谈话内容。

“活的？”克诺贝暴跳如雷，“你说什么，小女伯爵还活着？”

汉斯指了指安吉拉，她消失在夜色中。“我就是***这个***意思。”

克诺贝膝盖发抖，“追上她，孩子！拿上铁铲，往她脑袋上砸！”

“什么？”

“把她弄回坟墓里！”

“你想让我杀了安吉拉？”

“她看到你了，孩子！她知道你的名字！要么她死，要么咱们死。结果了她，否则咱们就命悬一线了！”

“不！”

克诺贝眼珠突出，“你说‘不’，什么意思？”

“就是说我不能，我不会的。她是安吉拉。”

“没时间谈感情了，孩子。”

“我不在乎。”

“你敢违抗我？”克诺贝责骂道，“我给了你那么多荣誉！你真是让‘盗墓者伟大社团’蒙羞啊！”

“什么伟大社团？”汉斯嚷嚷起来，话比脑子里的想法蹦得还快，“还有谁是成员？你们在哪里见面？”他看到他父亲眼神闪烁，“才没有伟大社团呢，不是吗？只有你！永远都只有你一个。”

“你是说我是骗子吗？”克诺贝怒视着他。

“你就是！”汉斯喊道，痛苦和愤怒让他的脑袋嗡嗡作响，“‘盗墓者伟大社团’？哈！你编这个东西出来，让它听起来很重要。这样，我长大以后就成你的奴隶了。”

克诺贝一声号叫，用铁铲的手柄猛击汉斯的肚子。汉斯倒在地上。“都是你的错，那个女孩儿必须死，”克诺贝说，“是你让她看到你的。她爸妈现在被抓了，她的仆人也都逃走了，干掉她很容易。干掉她，就现在，要不我就动手了！”

闹鬼的城堡

安吉拉以冲刺的速度跑上城堡山。她的父母在哪里呢？他们为什么没来？她在大门那里停住了。也许大公仍然在城堡里，也许这就是他们迟到的原因。她的眼睛搜寻着大公的马车。马车已经走了，哨兵也走了，城堡的大门洞开。

有些不对劲。安吉拉吹灭了汉斯的灯笼，把它放下，悄悄潜入城堡。这里被洗劫一空。窗帘被从窗户上扯了下来，家具支离破碎，挂毯也被从墙上扯下来了。父母怎么样了？她顺着主楼梯跑上去找他们。

“站住！谁在那儿？”六个喝醉酒的士兵从旁边一间房间摇摇晃晃地进了大厅，一个士兵手里拿着一个银质烛台。他们站在台阶下面，斜着眼往黑暗的高处瞄去。

“怎么了，不就是个女仆嘛。”一个鼻子像猪鼻子的士兵窃笑着说。

他们会对我做什么？安吉拉十分惊恐。她看到一片月光从门口的窗户照进来，如水般洒落在她下方的台阶上。

安吉拉突然有了灵感。她把眼珠向上翻，发出一阵不像人声的怪笑，缓缓地顺着台阶走下来。当她轻盈地飘进那片月光中时，那几个士兵吓得睁大了眼睛。她的头发乱蓬蓬地纠缠在一起，汗水顺着她的脸颊往下滴，她的衣服上泥迹斑斑。在清浅的月光照耀下，衣服上的泥块看上去像菌斑，而她的汗看上去就像腐烂的尸体向外渗出的腐液。

“那根本不是女仆！”一个士兵倒吸一口凉气喊道，“是那个死丫头！小女伯爵！”

“我们看到你被埋了呀！”第二个士兵尖叫道。

“她的鬼魂回来了！”第三个士兵被吓哭了。

士兵们互相挤着往外逃跑。“闹鬼啦！”他们一边尖叫着，一边疾跑上马，在夜色下飞驰而去，“城堡闹鬼啦！”

安吉拉飞奔进她父母的房间。他们被劫走了。她冲到她的剧场。剧场也被毁掉了：舞台被砸得稀巴烂，木偶都被偷走了，用枕头做的娃娃也被肢解了。她听到被揉成一团扔在角落的舞台幕帘下面传来一阵声音，一阵巨大的呼哧呼哧打呼噜的声音，就像是市场上的猪一样。

“保姆！”

保姆突然间醒了，她一看到她的小女伯爵，就开始胡言乱语，还在胸前画十字。安吉拉花了五分钟的时间才说服她相信自己没死，又用了五分钟跟她解释所发生的一切。“可我爸爸妈妈去哪儿了？”

保姆两只手紧握在一起，“在去首都的路上。他们被抓了。”

“妈妈！爸爸！”安吉拉哭了起来，她的脑袋里清晰地回忆起从皇宫壁炉里传来的那刺耳的声音，“法师背叛了我们。他是唯一知道那个毒药的人。仆人们呢？”

“所有人都逃了，只剩下我了。我藏在了这个帘子下面。”

“可怜的保姆！”

“可怜的保姆，没事儿的，”她说，“那些混蛋要是敢欺负我，我就用我的毛衣针对付他们！”她言语中的气势使她自己吃了一惊。她害怕地蹲了下来，“他们都走了吗？”

“是的，”安吉拉点点头，“可是，如果他们告诉大公他们看见了鬼魂，他就会知道我逃出来了，他会回来杀我的。”

“希望他们永远见不到他。”保姆浑身发抖。

“不，愿上帝保佑他们快点见到大公。大公知道我活了下来，我父母才能有盼头。”

“咱们要保住这个盼头，”保姆说，“我把你藏到村子里去。”

安吉拉摇了摇头，“大公会最先搜查村子的。我要逃到郊外，再计划营救爸爸妈妈。”

“营救你爸妈？不可能。”

“没什么是不可能的。”安吉拉跑到枕头娃娃的那堆填充物旁边，翻找起“困惑将军”的衣服、靴子、马裤和头盔。

“这可不是你的戏剧，”保姆恳求说，“你想什么呢？营救？从郊外发起营救？你对郊外了解多少呀？”

安吉拉装作听不到，如果保姆对去郊外的想法都感到如此慌乱不安，那么，如果她知道安吉拉打算一路赶到隐士皮特那里的话，她可能都要心脏病发作了。安吉拉飞快地套上“困惑将军”的行头，把袖子和马裤腿都卷了起来，并且用“醉酒小姐”的手绢填满脚趾与靴子前端处的空隙。头盔足够大，可以藏住她所有的头发，衣服也足够大，完全可以罩住她装满陪葬珠宝的袋子。

安吉拉看到保姆正费劲地挤进“健忘勋爵”的天鹅绒裤子里，“你在干什么？”

“穿上我自己的伪装呀，”保姆咕哝道，“你无法想象我让我的小女伯爵自己在外面晃荡，对吧？而且，她的脑子里还净是疯狂的想法。”

安吉拉倒吸一口凉气：危险来临，保姆就算能飞，也逃脱不了。她趁这位善良人往身上穿“健忘勋爵”的套头衫时，跑出了塔楼，“再见了，保姆，”她回头喊道，“我保证，你还能见到我和我的父母活着回来。”

探险之路

安吉拉像一匹脱缰的野马一般往山下跑。眼前宽阔的大路通向广袤的大森林，还有森林远处白雪盖顶的大山。很快，她就要和隐士皮特商议营救她父母的计划了。安吉拉不知道她和一位衣衫褴褛的隐士该如何潜入皇宫，不过更加离奇古怪的事情都发生过，至少书里是这样写的。

安吉拉对未来迷茫彷徨，对眼前的事情也毫无准备。一个手握铁铲、头戴兜帽的修士从河沟里蹦了出来。安吉拉往后一退坐倒在地上，头盔在她脑袋上晃荡几下掉在了地上。修士站在她面前。

“你就是和汉斯在一起的那个老头，是不是？”她边说边艰难地从将军服下拿出麻袋，“这是你要的陪葬珠宝，别烦我了。”

“我不想要你的珠宝。我知道大公的人会去偷珠宝，我只是想好好保管它们。”

安吉拉听出了这个声音，“汉斯？”

“是的，”汉斯摘掉兜帽，“你是应该害怕我的，我被命令杀掉你。但我拒绝了。”

安吉拉惊恐地瞅了瞅灌木丛，“那个老头呢？”

他用颤抖的声音说：“我把他打晕了。”他深吸了一口气。

“怎么回事？”

“他是我爸爸。过了今晚，他就再也不想见我了。永远不想见我了。”他擦拭泪眼，“至少我跟你在一起，就不是孤身一人了，你也一样。我们不管去哪里，都可以互相帮助。”

安吉拉很不自然地动了动，“对不起，汉斯，我不想要你帮我。”

“什么？”

“我要逃到一个秘密的地方，那里充斥着各种危险——拦路抢劫的强盗，还有狼群。如果我幸存下来，也许情况会更糟。我还有一个任务，从恶魔手里救出我爸爸妈妈，阿尔努夫大公和巫师就是恶魔！我需要信得过的人。”

“我就是啊。”

安吉拉叹了口气：“我喜欢你，汉斯，可是在陶场还有我家族的墓穴里，你都逃跑了。”

“你说我是懦夫吗？”

“嗯，”安吉拉小心地说，“严格来说，你并不勇敢。不管怎么样，对不起，我要走了。”她抓起头盔转身离开。

“等等，”汉斯追了上去，“带上我一起，我用生命发誓，我再也不会逃跑了。”

“你发了这个誓，天不亮就得死。”

“好吧，带上我，我将是你忠诚的骑士。”

“我还是不信。”

“那你想怎么样啊？”汉斯恳求道。

“我也不知道，”安吉拉说，“不过当我听到我想要的，我就会有答案了。”

汉斯跑到前面，跪在她的脚边：“安吉拉，带上我，我将永远永远执行你的命令。”

“听起来好多了，”安吉拉愉快地说，“我有仆人了。”

“仆人？”汉斯跳了起来，“你想让我当你的仆人？”

“怎么了，是呀，”安吉拉笑了起来，“一直都由仆人照顾我。”

“我可不是谁的仆人。”

“好吧，你现在是了。除非你是个骗子。别忘了，你***确实***说过要永远永远执行我的命令。”

“你耍我！”

“我绝对没有。所以你到底是什么？骗子还是仆人，你自己决定。我要走了。”

“噢，”汉斯懊恼地跳脚，“好吧！我是你的仆人！”

“我好开心！”安吉拉大呼道，她整理了一下她的将军服，大步走起来，盗墓贼的小徒弟跟在她的身后。

第二幕 狼王

让人烦心的消息

凌晨三点，阿尔努夫在一个皇家马场驻扎，从这里骑马到施瓦恩伯格县要两个小时。他的士兵们享用了一场大碗喝酒、大口吃肉的盛宴。与此同时，他和法师却在折磨伯爵和伯爵夫人。现在士兵们都已瘫倒在一起，醉得不省人事，而阿尔努夫和他新委任的最高大法官继续在马车监狱外消遣。

“妈妈、爸爸，你们在哪儿呀？”阿尔努夫用尖嗓子哭喊道，“你们怎么撇下我，让我去死啊？！”

伯爵和伯爵夫人相拥而泣。

法师大笑起来。他的乌鸦们在马车顶上的栖息处呱呱合唱，给这两个人助阵。

阿尔努夫从窗户栏杆间隙往里瞅了瞅，“告诉我，最高大法官，你认为那女孩儿还活着吗？她现在是不是正喘着最后几口气呢？”

法师竖起自己一只残缺不全的耳朵，好像正把他自己传送进那片坟墓，“是的，阁下，她还活着，”他粗声粗气地说，“不过，恐怕那可怜的孩子正用手刨棺材盖子呢，手指头血淋淋的。”

“现在就杀了我们！”伯爵夫人哭着说，“不要再这样折磨我们了！”

“扫了我的兴！”阿尔努夫啧了一声说。

一声大叫划破夜空，“闹鬼啦！城堡闹鬼啦！”阿尔努夫的士兵们被惊醒了，他们的六位战友惊慌地冲进营地，瘫倒在地上，“小女伯爵……”其中一个喘着大气说，“她从坟墓里出来了！”

“什么？”

“我们在城堡里看到她了，她从楼梯上滑下来，在月光下闪着亮光。”

“真的，”另一个说，“我们所有人——我们都看到她的鬼魂了！”

“世界上没有鬼，”阿尔努夫大喝，“那就是小女伯爵本人！”

“陛下，我们都在葬礼上。我们看到她死了，还被埋了。”

“她没死，你这个蠢货。她是被***活埋***的！”

安吉拉的父母突然间喜极而泣，“我们的孩子比你聪明。”伯爵奚落着阿尔努夫。

阿尔努夫大步走向马车，用力握紧栏杆，他如此用力，栏杆都被掰弯了，“你们高兴的时间会跟你们女儿的生命一样短暂，”他威胁说，然后轻快地转身面向他的军队，“就是因为你们，我被一个小孩儿给骗了，还被我的俘虏取笑！把她找出来，要不然你们都得死！”

“您……您想让我们去哪儿搜？”几个勇敢的士兵结结巴巴地问。

法师轻盈地在空中挥了一下他的手杖：“陛下，荒原上住着一个盗墓贼和他的小徒弟。很可能是他们潜入坟墓，把那个女孩儿放走的。”

“跟我们来！”阿尔努夫命令他的士兵们，“我们去找这个盗墓贼，让他交代。剩下的人，你们把这两个叛国贼装进麻袋，扔上囚车，然后拖到疯人院去！”

一路向北

汉斯和安吉拉在月光中缓慢地向北行进，天上星星闪耀，让最熟悉的景色也变得如梦似幻。

“我真希望有个灯笼。”安吉拉说。

“我可不希望，”汉斯回答说，“大公的士兵从好几英里以外就开始盘问村民了。我可不希望有人举报咱们。”

安吉拉停了下来，从左脚靴子里倒出一块石子儿，“我累了。”

“怎么会？你睡了一整个白天了。”

“我是喝了毒药被关进棺材的啊。”

“那可比像虫子一样爬过长长的地道进坟墓容易多了。更别提举起一块大石板了。”

“盗墓就是你的工作啊，”安吉拉抽抽鼻子说，“你应该习以为常了。再说，你又不用穿着一双像啤酒桶一样的靴子走路。”

“不，”汉斯说，“我根本没有靴子穿。我光着脚，这就是我拥有的一切。”

他们拖着沉重的脚步走着，谁也不说话。

“所以说……”汉斯最终开了口，“你的计划是什么？”

“你什么意思？”

“嗯，比如说，咱们要去哪儿？”

“远处大山里的隐居之所。”安吉拉开心地说。

汉斯吃了一惊，“那里离这儿有好几天的路程呢，还要爬一整天的山。咱们到那儿之前，你打算吃什么，打算睡哪儿？”

安吉拉没有考虑过这些问题。在她的戏剧中，每趟旅程在变换场景的时候就已经完成了。现实生活中，这些都由仆人们来解决。然而，她不想让汉斯认为她是个傻瓜，“我相信天意。”

“那种让你被活埋了的天意？”

“又被挖出来了，别忘了。”

“我管那叫运气。”

“那是因为你不知道还有更好的事情。随便选一个故事去读读：绝望之时，总有转机。”

立刻，安吉拉就被证明是对的。小山的另一边，下一个转弯处，火把照亮了一座城堡。她一眼认出了那座城堡——冯·藿芬－托芬家族的城堡，不幸的乔治亚娜家祖传的庄园。这是冯·藿芬－托芬家族离她家最近的一处房产，她的家人总是周期性地来这里探访。以往的探访是多么乏味啊，睡觉时还会听到打鼾声，无聊透了。然而今晚，安吉拉一想到羽绒铺盖就兴奋，她顺着通向大门的大道飞奔而去。

“你要干什么？”汉斯惊慌地大喊道。

“冯·藿芬－托芬伯爵是我父母的朋友。”安吉拉回头喊道，“他肯定会帮我们的。至少会给我们马匹、地图，还有干羊肉。”

汉斯加快脚步赶了上去，“你疯了吧？你们家的朋友肯定会被大公盘问的。”

“冯·藿芬－托芬伯爵永远都不会背叛我的。”

汉斯抓住她的胳膊，“谁说的？”

安吉拉甩开他，“我不知道你们普通人是怎么为人的，但我们贵族都有骑士精神。”

一匹马从城堡前的道路上嘚嘚嘚嘚急驰而过。两个武装哨兵来到他们面前，其中一个举着火把，另外一个拿着火枪：“你们是谁？”

安吉拉低下头，头盔边沿把她的脸罩在阴影之中，“我们和你的主人有要事相商，”她学着老将军的声音说，“你们老实带我们去见他，否则他会把你们关起来的。”

哨兵审视着汉斯和安吉拉。

“谁大半夜的还有事儿？”拿火枪的哨兵说。

安吉拉在装陪葬珠宝的麻袋里摸索了一阵，从里面拿出一个金质的小纪念盒，里面有她父母的小画像，“把这个给他看。他看到画像，就知道我们是他的朋友了。”

手举火把的哨兵抓住了她的胳膊，“将军的手怎么这么嫩？”

另外那个哨兵扣上火枪的扳机，“把头抬起来，你们两个！”

缓缓地，安吉拉抬起头，但这个小姑娘邋遢肮脏、头发蓬乱，完全不像冯·藿芬－托芬家族所熟知的小女伯爵。

“什么样的女孩儿这么大半夜的还在外面疯?”拿火把的哨兵问，“一个男孩儿穿成修士的样子干什么?”

汉斯和安吉拉一言不发。

哨兵把他们俩押回城堡，他们坐在城堡的石头长凳上，被严密看守着。大管家被及时找来，他检查了装珠宝的袋子，然后把它拿给冯·藿芬－托芬伯爵。

很快地，伯爵穿过主拱廊大步走来，他穿着一件紫红色的睡袍、小羊皮的拖鞋，还戴着一顶睡帽，帽子上的流苏随意摆动，跟他不停颤动的下巴一样。他扫了一眼这两个小东西，就是他们把他从与牛奶女工嬉戏的美梦中弄醒了，他非常生气，“我从来没见过穿得这么破破烂烂的流浪儿!”

安吉拉跳起来，说:“冯·藿芬－托芬伯爵，您跟我很熟的。我就是拥有木偶剧场的那个女孩儿，我的木偶剧场在我父母城堡的塔楼里。我还知道您的一个秘密，乔治亚娜在您的复活节假发里发现了一窝老鼠。”

伯爵揉了揉眼睛，“我的老天爷呀，”他转向汉斯，用袖子捂住鼻子，“那你又是谁呀?”

“她的仆人和朋友。”

伯爵对他的下人挥了挥手，“退下。”只剩下他们三个人了，伯爵把安吉拉的珠宝袋子交还给她，“传来的消息说你已经死了，小女伯爵，而你的父母因为叛国罪被捕了。”

“这条消息里只有一半是真的，另一半则不是。”安吉拉说，“我父母被捕是因为他们试图阻挠我嫁给大公。我现在正在逃亡，打算去找一个朋友，他可以帮我救他们。”

“如果你自己的生命处于危险之中，那么那些帮助你的人也会有生命危险。你必须立刻离开我的城堡。”

“如果乔治亚娜跑到我父亲面前求救呢？”安吉拉向他恳求道，“他会关上大门吗？”

伯爵将视线移开，“乔治亚娜……”

“冯·藿芬－托芬伯爵，”汉斯大胆地说，伯爵转向他。汉斯深深地吸了一口气，试着像安吉拉那样勇敢地说，“虽然您没法拯救您自己的女儿，但是您可以救助另外一个女孩儿，”他说，试图像安吉拉一样带着贵族范儿，“我和小女伯爵需要食物、水以及两匹马。我为您祈祷，请援助我们。”

冯·藿芬－托芬看着这个男孩儿的言谈举止，眨了眨眼睛，“我的马匹会被认出来的，”他紧张地说，“但厨房会给你们准备食物。我只能给你们这些帮助了。”

*

汉斯和安吉拉拿到了一包面包和奶酪，他们又回到了大路上。安吉拉好奇地看着汉斯，“你从哪儿学的像贵族一样说话？”

“听你说话吧，我猜。”汉斯羞怯地说，“我说的话听起来好傻。”

“一点儿都不，一个农民能说成这样已经很不错了。宫廷里说的完全是另一套话。你只需要多多练习就行了。演戏和给人留下好印象，这些都非常好玩。大人们就喜欢这样。”

“我认识的大人就没有这样的。”

“是吧，哦。”安吉拉说。她决定这个话题就讨论到这里。

夜空渐渐变成深蓝色。

“天马上就亮了。”汉斯说，“咱们最好藏起来。”

“藏哪儿呢？”

“这附近有一个被废弃的墓地，以前我爸爸总在这儿挖墓。”汉斯说，“我去找个空棺材洞。”

战利品盒子

克诺贝来到安吉拉的墓穴，他害怕极了。偷盗死人财产是死罪，当然，偷盗伯爵的财产是要死四回的，或者十回。克诺贝跑回家，找出他的战利品盒子，然后藏在洞穴旁边、悬崖栈道尽头的一个岩石堆角落。

现在天几乎亮了。盗墓贼感到身上各种不知名的地方疼痛着。他的身体在狭小的洞里不得不紧缩起来；他的关节因为岩石透出的湿寒之气而抽痛；和上次吃了在村子钟楼里找到的死蝙蝠比起来，现在他拉肚子的症状更严重。而最糟糕的是他的后脑勺儿被狠狠地砸了，疼痛不已。

他的儿子真的用铁锹使劲打了他，偷走了他的工具，留下了穿着破烂内衣的他自己吗？这太残忍了。克诺贝抱着他的战利品盒子，“只有你和我，”他温柔地说，“我现在只有你了。”

他往大海的方向看去。天已经足够亮了，可以看到海浪翻滚，还能看到海面上空盘旋的一群乌鸦。他决定把头探出悬崖顶，搜寻荒原上图谋不轨的入侵者。

克诺贝把木盒子放在角落靠里的地方，还在盒子上拍了拍，“别害怕，亲爱的，我会回来的。”他蹒跚地爬上栈道，继续往上爬，一直爬到荒原顶上的野草丛边。他透过野草张望，又回头看看，发现了一个瘦瘦的家伙，头发里还有虱子在跳舞。

“你想干什么，恶人？”

恶人指了指他身后的盗墓贼洞穴。阿尔努夫、法师和十二个士兵正在洞穴口侦察。

“我不在这儿。你没看到我。”克诺贝小声说。

恶人咧嘴笑了笑，站起来，挥动着两只胳膊，“在这儿！”

“闭嘴。”克诺贝嘘声说。

“在这儿，”那个恶人又叫了起来，“我找到他了！我找到他了！”

克诺贝转身往悬崖下面逃去。八个恶人拦住了他的去路，每个恶人手里都拿着一根芦苇矛。年轻时，克诺贝用一只胳膊就能把他们都打飞。可现在，这样的动作只会让他自己打个趔趄摔死。

“我们在墓穴那儿看到你了。”最大的恶人龇着牙吼道，“我们从天黑就跟上你了。”

“滚开。”

“要是不滚呢，又能怎么样，老头？”恶人用矛刺了克诺贝一下。

克诺贝往后退了一步，“拜托，请让我走吧。”

“现在怎么不那么胆儿大了，老头？你的小跟班儿不在，你也狂不起来了。”恶人又刺了他一下。

克诺贝跌倒在地上，那群恶人大笑起来。他往回爬，“我怎么得罪你们了？”

“不是你得罪了我们，是你要给我们拿回来点儿东西。”一个满口碎牙的恶人抢白道，“我们的主人会保佑我们。他会给我们好吃的。”

恶人们蜂拥而上，对盗墓贼又刺又戳，直至把他逼到悬崖边。在那里，他们把他钳制住，此时，法师、大公和士兵们过来了。

“干得好，我的宠物。”法师咕哝道。他从大袍子里掏出一大把肮脏的奶糖扔进他们嘴里。

“你就是克诺贝·特·本特，施瓦恩伯格县的盗墓贼？”阿尔努夫问。

“我这一生从来没有盗过墓。”克诺贝抗议说，“您要抓的是我儿子——他把能找到的墓地都挖了。”

“配合点儿，”法师说，“我们做邻居很长时间了，我知道你的嗜好。”

“我只不过是上当受骗了，我是个受害者，”克诺贝嚷嚷道，“去搜搜我的洞，你找不到铁锹，也找不到装财宝的盒子。”

阿尔努夫用脚踩住克诺贝的喉咙，问：“小女伯爵在哪儿？”

“死了，在墓穴里。”克诺贝发出窒息了的咯咯声，“问问全镇子的人，都知道她死了，已经下葬了，可怜的孩子。”

“阁下，”法师打断说，“也许我可以让他恢复记忆。”

阿尔努夫往后站了站。法师发出一阵短促尖厉的叫声。盘旋在空中的乌鸦落在克诺贝的头上。法师跪在他身边，“听好了，老朋友，我的爱鸟喜欢吃死人肉，可它们怎么能抵挡一双新鲜眼球带来的诱惑呢？”

“求求你，不要。”克诺贝乞求说。

“那就告诉我们真相，小女伯爵在哪儿？”

“我不知道，真的。”

一只乌鸦啄了他的前额。

克诺贝尖叫起来，“那个男孩儿进了她的坟墓。她还活着，逃跑了。我让他打死她，可他却把我打晕了。”

“他们在哪儿？”

“一起逃跑了吧，我猜。”

法师面向阿尔努夫，胳膊一挥指向南方：“那边是大海，只会被淹死；往东去，是沼泽和流沙；往西去，是咱们来的路。所以，咱们的猎物一定藏在村子里或者往北逃走了。”

“怎么抓住他们？”

“您先在施瓦恩伯格城堡休息，让您的士兵把我的恶人安排在镇子里以及道路沿线。”法师说，“他们能藏在洗衣盆下面、煤仓里、泥坑里，以及楼梯井里。到了黄昏，他们就能发现咱们的小朋友停留过的每一处避难所。然后，我就把他们一举拿下，挖出内脏放进我的咒语罐子。”

阿尔努夫扭动着他的金属手指，“把他们的皮留给我。我要用女孩儿的皮做个枕套，用男孩儿的皮做脚凳子。”

两个恶人拿着克诺贝的战利品盒子，尖叫着从栈道跑上来，“看我们找到了什么！”

阿尔努夫的脸色变得像白骨一样惨白。他恐惧地抓住盒子，盯着嵌在里面的柚木，“不可能。”他瘫坐在地上，用力打开盒盖。在他眼前出现了一个饰章，上面雕刻着鹰头，鹰头上还喷射出光亮的闪电，还有独角兽和太阳。阿尔努夫颤抖起来，“是他们国家的饰章！真的是他的……”他抓住克诺贝，“这是从哪儿来的？”

“海里。”克诺贝颤抖着说，“是被海水冲上来的。”

“什么时候？”

“十二三年前。”

“盒子里都有什么？”阿尔努夫着急地问。

“婴儿，一个小婴儿。”

“说具体一点儿。”

“怎么具体？”克诺贝含糊地说，“就是一个婴儿，不停地哭，身上一股臭味儿。”

阿尔努夫狠狠地摇晃他，“他身上有什么记号？”

“什么也没有！”克诺贝尖叫着抗议道，“除了肩膀上的一块记号。”

“什么记号？哪只肩膀？”

“右肩膀，”克诺贝脱口而出，“一块形状像老鹰的胎记。”

阿尔努夫放开了盗墓贼。他站了起来，摇摇晃晃地转着圈，“他们跟我说那个小孩儿死了。”他咆哮道，“他们说把他和他父亲一起杀了。”他又一阵风似的跑到克诺贝身边，“那个男孩儿后来怎么样了？”

“怎么样了？他就是我养大的那个男孩儿。”克诺贝说，“就是那个混蛋把小女伯爵从坟墓里放跑的。”

“***啊啊啊！***”阿尔努夫对着天空尖叫起来，“悬赏一千个达克特取盗墓贼徒弟的皮！两千个达克特取他的头！”

追捕

汉斯和安吉拉进了被遗弃的墓穴。

“身子再弯低一点儿，”汉斯说，“天就快亮了。”他带她来到离大路很远的一块路堤边，“附近的人总是在棺材上放些混凝土来防盗墓贼，所以我爸爸经常从坟墓背后的斜坡——就像这个——挖出一条***通道***。他打开棺材，拿出他想要的东西。然后，他在通道入口的地方填上土和草皮，掩盖他的痕迹。”

“你怎么知道去哪儿找入口？”

“这种事儿是不会忘的。”汉斯停了下来，他用脚踢了踢一个用干草掩盖的小洞。“这就是一处。好像在咱们之前，已经有动物来过了。”他铲走入口处的粪便，探头看了看地道。两条肋骨和一块膝盖骨被扔在地道里。“我清理一下。你闭上眼睛。”

汉斯深深地吸了一口气，想象着春天的草坪，进了洞。几分钟之后，他爬出来了，“您先请，女士。”

安吉拉在洞口屈膝跪下，“好臭啊！”

“没错啊，”汉斯说，“可是在坟墓里待了一天，又赶了一晚上的路，你自己身上也好闻不到哪儿去。”

*

白天过得很慢。

在村子里，流言就像磨坊边的河水，肆意流淌，谁也没有注意到衣衫褴褛的男孩子们，他们在广场和商店外面闲逛。然而，在北边的路上，农民们暂停了他们在田地和谷仓里的劳动，他们的妻子在洗衣泵和鸡笼子旁也停下了手里的活计。车轮后面、公棚里、矿车里、覆盆子灌木里好像都长了眼睛和耳朵——他们感觉到有什么在监视他们的行动，监听他们的谈话。

太阳落山之前，他们的动物已经入栏，他们洗的衣服也都收了回来，他们自己也安全地进了家门，紧闭门窗。今晚是需要祷告的一晚，空气中弥漫着邪恶。

在冯·藿芬－托芬的城堡里，夜间的哨兵站上岗位，山顶的夜色填满周围的山谷，向伯爵的土地上延伸，沿着通向城堡的路绵延上来。

玫瑰花丛后面有一阵鬼鬼祟祟的脚步声。一个哨兵举起了火把，另一个则握紧了火枪，“是谁？”

一个又高又瘦的陌生人从阴影中走了出来，他空洞的眼窝里装满了金牙。

“我要见伯爵，”陌生人说着，举起了一张盖着皇印的羊皮纸，“据说你们这儿最近来过客人。”

*

沿着通道向上，汉斯和安吉拉跌跌撞撞地从墓洞里爬了出来。他们一白天都没睡着觉。每当安吉拉的眼睛迷迷糊糊要闭上时，她就会想象到一具骨头架子抚摩她的头发。汉斯，同样地，这一天都非常警觉，死死地抓着他的铁锹。

汉斯在他们藏身的墓洞口盖上草。“咱们不能留下线索，让人们发现咱们来过这儿。咱们也要避免到前面的村庄，旅店里耳目太多。”他朝着他们身后的田地走去，“如果咱们沿着农民的脚印走的话，他们的脚印就能掩盖咱们的行踪。”

“聪明的想法。”安吉拉说。

“我很擅长逃跑。”汉斯骄傲地点点头，“最后三个逃脱伎俩：咱们倒着走回田里，这样，我们的脚印看起来就好像是朝墓穴走***过来***；我走在你的脚印上，这样，我们看起来像是一个人；咱们还得把衣服卷高一点儿，免得把草弄弯了。”

等这两个人绕开村子回到大路上时，暮光已经被黑夜取代。远处有一只狼在嗥叫，另一只狼也嗥叫起来作为回应。

“大森林肯定就在附近了。”汉斯说，“在森林里，咱们能用树打掩护。”

“然后，把自己暴露给野兽？”

“暴露给四条腿的野兽也比暴露给两条腿的人强。”汉斯回答说，“再说了，狼是跟自己的族群在一起的，当然，故事里不算。”

“不光是狼的问题，我怕会迷路。”

“如果咱们沿着路边的树走，是不会迷路的，”汉斯说，“相信我。”

*

法师和他的恶人们离开冯·藿芬－托芬城堡的时候，也听到了狼嗥声。他也能描绘出狼的样子——他生来就没有眼睛——他用耳朵、鼻子、舌头和脑子看。今晚，它们会给他带来什么样的景象呢？

伯爵表现得非常勇敢，然而法师看到了他镇定之下的恐惧——他的膝盖在颤抖，他的衣服发出窸窣声，他的呼吸短促。他能从空气中品尝到他的惊恐。他不需要眼睛就能看到恶人们把他的衣服烧着了。燃烧的天鹅绒散发的气味描绘出了一幅图景。为了熄灭火苗，伯爵跳入井中，他激起的水花也成为一幅图景。这一切如同戏剧一般，法师不禁鼓起掌来。

还有其他的感觉：首先，仆人们恐慌地交代城堡访客的信息时，他们的舌头所发出的声音；现在，当他进入墓地时，他的乌鸦们呱呱直叫。他的皮肤感到刺痛，猎物离他很近。墓穴——他的第二个家——会是盗墓贼的小徒弟的藏身之所吗？或者，在墓穴之中，棺材洞才是他藏身的地方？

法师在坟地后面四处搜寻，他的恶人们搜查脚印和痕迹，而他的乌鸦们则在啄食蟾蜍和其他美食。很快，他就发现了斜坡和洞口，他用手杖拨弄开洞口的杂草。他吸了一口地道里的臭味儿，在其中闻到了小女伯爵的味道。他像蛇一样吐了吐舌头。他们还没走远，他能闻到空气中他们的味道。

恶人们跑了过来："主人，他们消失了。没有从坟墓离开的脚印。唯一的脚印是一个人从田地里走过来进入坟墓的。"

法师心里很清楚这种伎俩。他懒洋洋地耷拉下脑袋，"我看到咱们的猎物倒着走，而且一个人踩在另一个人的脚印上，"他低沉地说，"我看到他们跑出田地，跑到村子北边的大路上了。"

恶人们倒吸一口凉气。

法师咯咯笑起来。虽然凡人敬畏他的第二视力，但是他的秘密其实很简单。想象力和常识——还需要什么别的来看穿过去和未来呢？

"咱们的小朋友将越来越靠近大森林，"法师说，"他们要在森林的树木中寻求掩护。搜查有泥的水沟，你们能看到两个人的脚印互相交叉。跟踪断树枝和翻转过来的树叶。赶快行动，我的宠物！天亮之前，他们就是咱们的了。"

大森林

和安吉拉接近大森林的时候，汉斯唱起了一首酒馆里流行的歌，歌曲讲述了关于大森林的最著名的传说：

“狼王带领怪兽族群，

不怕人也不怕神。

吞吃漂亮少女，杀掉她的骑士；

这样的恐怖故事是他的最爱。”

跟其他所有人一样，安吉拉知道狼王的传说。她甚至还编排过一出关于他和他的怪兽族群的戏剧。剧中，她在一根棍子上挂了六个可怕的生物，把它们拖向她用正义之剑解救出来的男孩儿。安吉拉对自己画的大森林的舞台背景感到十分骄傲，但是那些背景和真实的大森林相差很远。从城堡的塔楼上望下去，她可以看到绿色的星星点点在地平线上蔓延。而现在，她眼前则是一片长满树木的森林，树木在道路两边高高地生长，直插云霄，仿佛无穷无尽。怪不得酒馆里流传着好多小曲：

“夜里的狼王最饥饿，

他的长牙肢解他看到的一切——”

“噢，安静点，”安吉拉说，“很容易想象到山妖和巫婆就住在这样的地方。”

“就是说，你相信童话故事咯？”汉斯笑了。

“你不信吗？你能想象比法师更可怕的巫婆吗？说到山妖，我见过你爸爸。咱们一定要小心，汉斯。这种地方最适合坏蛋藏身了。”

“你还是那个独自一人闯进陶场的女孩儿吗？”

“是呀，不过我接受了教训。”

“噢？”汉斯大笑起来，“我刚把你从坟墓里救出来，你就一个人往远处的大山里跑。”

“我也是没有办法呀，”安吉拉激动地说，“而且，话说回来，你也没救我，你本来是想抢劫我的。我可是自己跑出坟墓的。”

“什么?!”汉斯也激动了，“你是我见过的最不知道感恩的人了！”

“我?！你才应该感恩呢！如果我不让你做我的仆人跟着，你就得留在山洞里听盗墓贼的命令了。”

“那也比听命于一个被宠坏的小孩儿强，她以为自己比所有人都厉害。”

安吉拉还想说一些可以占上风的话，可说什么呢？他的话没错。一阵风顺着两排树木中间的大路吹下去。她把手插进衣服，紧缩肩膀直到僵硬的将军服领子盖住她的耳朵。

汉斯举起胳膊，“嘘——”他竖起耳朵，安吉拉也听到些声音。风停了，汉斯松了口气，“只是树叶摇晃的声音。在真的有人发现咱们之前，进森林吧。”他走进水沟，倒着走了几步，“快来，你在等什么呢？”

“没什么，只是……”安吉拉的声音越来越小。

“你是***真的***害怕了，对吗？”汉斯笑起来。

“不，我不怕！”安吉拉说了谎。她大着胆子倒走进水沟里，脚踩在泥里滑了一下，仰面摔倒了。汉斯伸出手要帮她。“别管我，”她语无伦次，然后摇摇晃晃地站了起来，“我不用你帮忙，我不用任何人帮忙！”她跑到最近的一棵树旁，把脸埋进胳膊里。

汉斯等到她的肩膀停止起伏颤动。“好了，”他轻声说，“每个人都有害怕的时候。”

“我不行，”安吉拉说，“我是伯爵，我不可以害怕。”

“嗯，我是个男孩子，我也不可以害怕。”

安吉拉不由自主地笑起来，“也许咱们终归还是有些共同之处吧。”她顿了顿，“汉斯，我从城堡里跑出来的时候，鼓起勇气很容易，因为我没时间多想。可是我现在有很多时间思考，我真的害怕了，害怕咱们逃不脱，害怕阿尔努夫抓住咱们之后折磨咱们。”

“一位伯爵能对她的仆人说这些话，已经很勇敢了。”汉斯说。

“你不只是我的仆人，”她害羞地说，“你知道的，对吧？”

“我希望是这样的，”他笨拙地走着，“很抱歉，我说你是被宠坏的小孩儿。”

“为什么？这是事实啊。如果我不应该害怕，那我也一定不能害怕面对现实。”安吉拉狠狠咽了一口口水，“永远都有人给我我想要的东西，我永远都不用对人和蔼。从现在开始，我保证我会试着变得更好。”

“我也保证，”汉斯说，“我没有闪亮的盔甲，但是我一定会尽最大努力做你的骑士。”

“只要再会一点儿表演，你就可以胜任这个角色了。”安吉拉说，“在我的戏剧里，我就是把你想象成这样的。至少，在很多部戏剧里都是。”

汉斯不知道是应该笑还是害羞，所以他两样都做到了。“是的。好吧。”他摆了一个彬彬有礼的姿势，“我们可以继续走了吗，女士？”

安吉拉笑了起来，“可以了，骑士先生。让我们向前进吧！”向前进，说起来比做起来容易。不到十分钟，汉斯就被树藤缠住，而安吉拉则被一块腐烂的树干绊倒。“即使法师抓不住咱们，这片大森林也会抓住咱们的。”安吉拉小声说，“我们够吵的了，都能把死人吵醒了。这会儿，敌人正拿着火把到处找咱们呢。”

“那咱们就能看到他们了。”汉斯突然停下来，指着树林后面大路上的一个大块头。“待在这儿。”不需要更多的解释，安吉拉就自动留在原地了。

汉斯顺着水沟悄悄匍匐，就像大衣上面的一只蛾子。***我是个骑士，我是个骑士，我是个骑士***……他对自己说。

那个大块头是一匹马和一辆马车。一块帆布盖住了马车上的物品，却看不到车主。

车主一定抱着财物在后面睡觉。汉斯想，***如果他住在附近，他应该会把马车赶回家***。***所以他一定是个赶路的，他肯定有食物和喝的***。汉斯停顿了一下，***如果他是给大公当差的怎么办?***

一支树枝在他身后折断了。汉斯猜想是恶人们正挂在树枝上。他回头看了看，什么也没有，只有树木和黑暗。

汉斯悄悄越过水沟，蹲伏在路边。马匹打了一个响鼻，继续睡着。汉斯踮着脚尖走到马车后面，往帆布盖下面瞄。下面有好几篮子水果和蔬菜，还有好几盒子和好多捆的什锦杂物。

汉斯正准备把衣服兜装满，一把刀却横在了他的脖子上。拿刀的人靠近他，“开始祈祷吧。”

夜里颠簸

“我就是个修士，想弄点儿吃的。”汉斯乞求说。“他们都说，别在穿过森林的路上露营，要不狼王会来抓你。”那个人在汉斯的耳边咆哮说，“我本来在树桩边上搭了个床，当然，如果不是听到你蹑手蹑脚地爬上我的马车的话。哈，你不是狼王也不是修士，你就是个普通的小偷，你永远也不可能再从我或其他可怜的小贩那儿偷东西了。”他手上的刀正要落下。

“货郎！”树林里传来一声命令，“放下武器！”

商贩往黑暗中瞥了一眼，树林中走出一位老将军，星光在他的肩章和头盔上闪闪发亮。他的肩膀上扛着一杆火枪，正瞄准商贩的头。商贩跪在地上，扔掉了他的刀。

“你应该感到羞耻，竟然威胁一位修士的性命。”汉斯说。

“你跟我谈羞耻?!”商贩回答说，“你们是假修士和假将军?”

安吉拉从阴影处走出来，“你误会我们了，先生。我们既不是你所看到的那样，也不是你所想象的那样。”

商贩发现“将军”是一个拿着破树枝的小女孩儿，问：“你们是谁？想干什么？”

汉斯突然有了灵感。“我们只是普通的行者，要去远处的大山。”他用最礼貌的口吻说，“我的朋友，如果我们租用您的马车，您意下如何？”

安吉拉也在考虑同一个问题。马车比徒步快，他们越快到达远处的大山里，就能越早脱离阿尔努夫的控制，而且还可以尽早商议营救她父母的计划。她从珠宝袋子里拿出一颗钻石，“用这个来弥补你受的苦。”

商贩咬了一下钻石，又把它翻过来拿在手上。“是真的！”他惊奇地叫道，“快上车，绝对不是问题。老实说，你们是在逃跑途中，如果我们停留的话，不幸会降临的。”

汉斯和安吉拉一起蜷缩在厚厚的马车帆布盖之下，挤进篮子和盒子之间。马蹄嘚嘚嘚嘚的声音和车轴咯吱咯吱的声音让他们神经放松。很快，他们就飘进最深的梦乡里。

汉斯发现自己在一个巡回马戏团里，马戏团的大领班是一副骨头架子，杂耍演员都是穿着红色闪亮紧身衣的老鼠。与此同时，安吉拉正和乔治亚娜·冯·藿芬－托芬一起喝茶。“我并不是泡澡的时候淹死的，”乔治亚娜假笑道，“我是在海里淹死的。看到鱼怎么吃我的眼球了吗？”一只鳗鱼在她的眼眶里游进游出，而她每次开口说话的时候，嘴里都游出一群沙丁鱼。

让人奇怪的巧合是，这两个梦中人同时听到法师说：“让我们看看这儿都有什么？”在汉斯的梦里，马戏团大领班迅速在肩上披上一块布料，变成了魔鬼。汉斯试图逃跑，但是马戏团的大帐篷倒塌了，把他埋在下面。一只长着克诺贝脸的耗子用鼻子蹭他的下巴，“这就是你抛弃爸爸的教训。”

在他隔壁安吉拉的梦境中，她躲在她的茶杯后面，乔治亚娜正把皮肤和肉从自己的头颅上往下扒。她是巫师穿戴卷发和连衣长裙乔装打扮而成的。安吉拉要跑，却撞到了墙上。茶室所有的门和窗户都消失了。

巫师咂吧着嘴说：“很快，我的炼药坛子里就有鲜肉了。”

汉斯和安吉拉惊叫起来，在夜里惊醒了，他们的心怦怦直跳。

安吉拉紧紧抓着汉斯，“我梦见法师抓住了我们。”

“我也梦到了，”汉斯说，“可咱们是安全的。”

“咱们安全吗？”

他们仍然在马车里面，夹在蔬菜、水果和杂物之间。然而，情况却有些不同。马车不动了，四周安静得可怕。汉斯蠕动到马车前部。他掀起盖着的帆布，往驾驶座看了看。那里是空的。

“那个小贩，他不见了。”

安吉拉倒吸了一口凉气，“他会回来的……不是吗？”

“我可不这么想，”汉斯说，“他的马也不见了。还有就是，咱们已经不在大路上了。咱们在一条偏僻的小道上。”

“为什么那个小贩要把咱们扔在森林中？”安吉拉浑身发

抖，“他为什么把货物和咱们一起留下了呢？”

“谁说他有得选呢？谁又说咱们旁边没人呢？”

汉斯安静得像只虫子一样，从帆布下溜到地上，并示意安吉拉跟上他。他们身子伏得很低。前面的小道上布满了藤蔓和小树。马车被赶进了一个死胡同。

一阵邪恶的低语声在空中浮动。

汉斯抓住安吉拉的手，“恶人。”他领着她跨过一棵大树的树根，走到路的另一边。

“他们能看到咱们吗？”安吉拉轻声问。

有东西飘到了他们身后，那个东西是长长的干老脱皮的手指轻抚他们的肩膀，“是的，他们能看到你们；我，用我的方式，也能看到他们。我听得到你们，闻得到你们，感觉得到你们。”

“法师！”汉斯和安吉拉疯狂地甩着胳膊。

“他在这儿。”左边传来讥笑的声音。“不，在这儿。”右边传来讥笑的声音。

“不，在这儿。”法师说，他在他们眼前举起一个灯笼，“我的恶人们想趁你们睡觉的时候杀了你们。我说等等，最好先欣赏一下你们害怕的样子。我说得对吗，我的宠物？”

“是的，主人。”一圈灯笼亮了起来。恶人们在他们周围围成一圈，乌鸦在他们脚边乱蹦。

“把盗墓贼的小徒弟和小女伯爵抓起来。”法师说，“准备让他们献祭。”

恶人们挤作一团，一个人跳到汉斯背上，三个人抓住他的胳膊，两个人拉他的腿，还有一个连续用拳击打他的肚子。

安吉拉猛地把手伸进她的珠宝袋子。“你们抓我还是抓珠宝！”她大叫一声，往空中扔了一把宝石。恶人们尖叫起来。瞬间，他们的注意力就从汉斯和安吉拉转向那些亮闪闪的宝石了。

汉斯和安吉拉在夜色下的森林里一路狂奔，没有方向。

狼王

“别让他们跑了！”法师尖叫道。恶人们拿着灯笼去追他们俩，“我们看到你们了！”他们边讥笑着边跳过树桩，并低头躲开树枝，“我们看到你们啦！”他们离得很近了，他们手上的灯笼照到了汉斯他们的脚下。

“跑快点儿！”汉斯喘着气说，“他们总是成群地捕杀猎物。”恐惧刺激了他们，汉斯和安吉拉跑得更快了。然而他们越跑越快，灯笼的光就越来越淡，这让他们摔了一跤。恶人们追了上来。

“上帝保佑他们跑累了。”他们顺着小丘往下跑的时候，安吉拉祈祷道。

“保佑，真的。”汉斯说。此刻，不仅能听到恶人们奚落嘲笑的声音，还能听到乌鸦召唤法师的叫声。

转瞬之间，夜晚变作上下拍打的翅膀。这些鸟无处不在——

它们飞在阴影的每一个角落，让人看不到它们，除了在灯笼光照下闪闪发亮的冰冷的红眼睛。法师又发出一声鸟叫，乌鸦们开始用嘴和爪子进行攻击。

“蒙住眼睛！”汉斯大叫道。他裹紧修士法袍上的兜帽，安吉拉把头盔拉低到领口。

他们踉踉跄跄地向前进。乌鸦们停落在他们的背上，它们的爪子深深地扎进他们的肩膀。一只乌鸦用力拉扯安吉拉的头发，那撮头发从头盔里掉了出来；另一只乌鸦隔着她的领子啄她的脖子。安吉拉尖叫起来。

恶人们几乎就要追上他们了，汉斯和安吉拉挣扎着向前跑。汉斯看到前面的树林里有一堆篝火。“帮帮我们！”他对着那片空地喊道，“帮帮我们……”他和安吉拉疯了似的冲进那片空地。

这是一片被废弃的营地——像噩梦一般被洗劫一空。一堆一堆的骨头围绕着篝火，有些骨头已经陈旧了，而有的骨头上还滴着血挂着肉。

“这到底是什么地方啊？”安吉拉叫道，“难道我们就要死在这儿了？”

乌鸦们再次发起攻击，它们用嘴啄他们俩，连续猛击，把他们逼得滚到地上。汉斯和安吉拉蜷缩着身体。恶人们跳到他们的背上。“我们抓住你们啦！”

法师空洞的笑声飘出森林。“干得好，我的宠物。”他走进空地，为自己的诡计得逞而感到高兴，想象中的图景如同夜星点亮了他的大脑。乌鸦飞到他的脚边，他向它们撒了一把蛆虫。

“也给我们点儿吃的，主人？”恶人们求他。

“想吃多少就吃多少，还可以拿珠宝，”法师说，“先把我们的俘虏拴牢。”他转过来面对温暖的火堆，“我们好像吓跑了一群偷猎人，他们的火焰可以给我的刀刃加热。”

汉斯和安吉拉紧握着彼此的手。法师在他们俩之间跪下，他摘下汉斯的兜帽和安吉拉的头盔，抚摩着他们的头发，“好好欢呼吧，人们会记住你们的。你们的皮将成为大公的枕套和脚凳，你们的内脏会存在我的炼药坛子里被炼成咒语。”

“你这样的人最终一定会受到正义的惩罚。”汉斯说，他的语调尽可能平稳。

“肯定会的，”安吉拉说，“就算在悲剧里，恶棍的下场也都不好。不信去问问别人。”

“我书写我自己的故事，小家伙。”法师说，“此刻，我们的戏剧进行到你们死亡的这一节。”

空地以外的地方，传来了狼嗥声。然后是第二只，第三只，第四只……恶人们四处查看。厚重的狼爪在他们周围跳着踏过森林的地面。从树与树之间的空隙可以看到毛皮的反光。狼群出现在营地边缘：它们体形精瘦，数量庞大。

乌鸦都飞进树丛里去了。一个恶人拽了拽法师的衣服，“咱们怎么办，主人？”

“狼害怕火，它们不会走近的，”法师说，“办完事儿后，把小朋友的胳膊和腿扔给它们。”

可怕的号叫声震撼了丛林最深处的黑夜，吼叫声穿过了火堆：这吼叫声非常奇怪，听起来像是变异了一般，只可能从神话和传奇中的鬼怪口中发出。恶人们发出长长的尖叫声。

“陌生人，快走！”一个低沉的声音说。

法师笑了笑，说：“我们正在为阿尔努夫陛下办事，他是瓦尔德兰德大公国的大公。你和你的手下最好赶紧逃命，否则有生命危险。”

“他们不是‘手下’，我们也不会听命于凡人。”那个声音吼道，“你知道我是狼王，看我庞大的族群。”

怪兽一般的脑袋从最高的灌木后面冒出来，长长的獠牙，厚厚的皮毛。它们的眼睛射出来的光像火一般。雷声轰隆作响，夜空万里无云。

惊恐的恶人们从汉斯和安吉拉的背上跳下来，紧紧伏在法师的脚边。汉斯和安吉拉跳起来，然而逃跑却是不可能的。四周围绕的全是狼，怪兽都在灌木丛后吼叫。

法师伸了伸他的头，他可以听到动物的叫声和雷声，可以闻到皮毛和鲜血的味道，而且他知道这些动物比狂欢节上的怪物更高大。然而，有些东西并非与表象一样。

他用嶙峋的鼻孔嗅了嗅，用他如蜥蜴一般的舌头尝了尝空气，“我，也可以用稀薄的空气制造闪电，狼王。”他说，“而且，我也可以让动物听我使唤。在咱们深入交谈之前，我想让我的乌鸦调查一下你的怪兽。”他伸长了脖子，发出三声鸟叫。

乌鸦都从栖息的树上飞起来了。它们围着营地盘旋了两圈，接着，猛地冲向狼王所在的灌木丛。然而，它们还没来得及飞过空地，就被一阵燃烧的箭矢射穿了。它们的羽毛着了火，尖叫着旋转着疾坠到地面上。

狼闻到了血腥味变得非常狂野，它们冲进空地撕咬落下来的乌鸦。狼群冲进来时，恶人们就尖叫着逃进森林里了。

“快回来，”法师命令道，“我命令你们回来！”可他们已经跑得无影无踪了。

汉斯紧紧抓着安吉拉的手，“咱们也该走了。”

“不！不是现在！”

法师听到他们说话，转过身来。他冲着他们周围的地面胡乱挥动自己的法杖。“你，小子！你，丫头！你们想逃过我的手掌心?!”然而，在这夜里声音太大、气味太重、味道太浓、危险太多——他的感官已经完全被淹没——他真的瞎了。他的手伸进大衣，拿出一包粉末。

“盗墓贼的小徒弟，伯爵！我们会再见的！”他叫道，“至于你，狼王，我会和你，还有你的狼群在地狱见！”

他把粉末扔向火堆，引发了一次巨型爆炸，浓烟滚滚。趁着这股浓烟，法师消失于夜色之中。

想象中的武士

汉斯和安吉拉面对着灌木丛上方若隐若现的怪兽头。在他们周围，狼群边舔着滴血的獠牙，边嗥叫着。

“你们没听到我的命令吗？”狼王咆哮着说，“快走，否则你们就将面对我的愤怒。”

“对不起，打扰您了，陛下。”汉斯倒吸一大口凉气说，“我们马上走。”

“我们肯定不会走的。”安吉拉说。

“那你们会死得很惨，还很不舒服。”狼王低沉地说。

“跟在外面等着我们的法师和他的恶人比起来，应该没那么惨、没那么不舒服。”安吉拉说，“跟他们比起来，被狼和怪兽撕碎了也算是种解脱。”

“到灌木后面来，把你刚才说的话再说一遍。”狼王讥笑着说。怪兽族群也哄笑起来。

“不，”安吉拉摇摇头向后退，“如果你想吃了我们，勇敢点儿，到空地这儿来吃我们。”

“你质疑我们的勇气？我们既不怕凡人，也不怕怪兽。”

汉斯脸色发白，“安吉拉，快点儿道歉，要不他们会杀了我们的。”

“听从你的保护者的明智建议。”狼王警告说。

“他？”安吉拉翻了个白眼，“他只不过是盗墓贼的小徒弟。我，我不一样，我是安吉拉·加布里埃拉·冯·施瓦恩伯格伯爵。我比阿尔努夫大公还聪明，我还从坟墓里逃了出来。你们是躲在灌木后面、装扮成怪兽的一群胆小如鼠的平民。所以，我根本不明白，在你们面前，我为什么要害怕发抖。”

三只怪兽喷出火来。汉斯做了最坏的打算。

“你没看到我们燃烧的箭矢吗？”狼王低声问。

“那些箭矢能快速地杀掉我们，又不至于让我们的死相太难看。但是，那就跟你鼓吹的可怕结局太不像了。所以来吧，挥舞你的爪子，使出最厉害的招数。我谅你不敢。”

一阵雷声滚滚而来。狼都用爪子遮住了耳朵。

安吉拉打了个哈欠，“不好意思，我真的不信你是狼王，或者你有一群怪兽。不过，你让你的宠物狼和吐火演员演了一场好戏。五月节的时候，你真应该在村里的广场上表演。”

第三波隆隆的雷声震撼了整个夜空。“我可以控制天空，怎么样？”狼王问道。

“噢，这个嘛，”安吉拉说，“我自己也有一块模仿雷声的板子，是跟我的木偶剧场一起得到的礼物，用来制造风暴的声音，非常好用。我的那块薄薄的板子是铜做的，周围还用天鹅绒包了边，免得我晃动它的时候割伤手指。你的板子，我猜，肯定是用便宜的金属边角料做的。”

怪兽的头抬得更高了。汉斯猛吸一口气。

“我还了解用棍子支撑的木偶，”安吉拉继续说，“这些怪兽头肯定是用你猎捕的野兽做的，你捕获这些野兽充饥。这些头就是用那些野兽的骨头做的，那些骨头在你的营地里到处都是。你把红色的灯笼放进它们的头颅，做出像火焰一样的眼睛，安上涂了颜料的角和獠牙，又用糨糊和皮子黏合捆绑。然后，你把这些头装到棍子上，这样，你就可以控制它们升高。我还认为你们都骑在马上，这样一来，你们发出的吼叫声看起来就像来自木偶的嘴。”

“你认为我的怪兽都是木偶？”狼王愤怒地叫起来。

汉斯高兴地拍了一下前额，“当然啦！法师无法察觉到这一点，恶人和我也完全想不到。”

“为什么地狱之王要玩凡人孩子玩的玩具？”狼王大声问道。

汉斯立刻举起手，就像一个猜出了老师有奖提问的小学生：“爸爸在沃登堡盗墓的时候，我就假装是鬼，把当地人都吓得逃离墓地。整个夏天，他的盗墓行动都没受到任何干扰，而我就在墓地里摇动一口袋的铁链子，同时还不断地呻吟。你也一样，你是强盗，把别人都吓跑了，你就可以随意在森林里打劫了！”

安吉拉笑了，“恭喜啦，所谓狼王先生。就算是我，这么精通木偶艺术的人，一开始都被骗了。”

怪兽的头互相看了看，然后从灌木后面出来了，八个人骑在马上扛着怪物的脑袋，这八个人显得非常尴尬。骑马的人穿着破烂的天鹅绒紧身衣、打着补丁的羊毛齐膝马裤，马裤下面是破旧的亚麻绑腿；他们的脸上和手上都涂着煤灰，脏兮兮的。他们围住汉斯和安吉拉，下了马。狼也甩着尾巴活蹦乱跳地围了过来。

“狼王”向前走了一步。他个子矮小，像一只云雀一般灵巧，只是他的喉结很大，犹如核桃一般，“智慧是一种很危险的天赋。现在你们知道了我们的秘密，我们应该拿你们怎么办呢？”

“给我们指条最近的路，去隐士皮特山里的家。”安吉拉开心地说。

“我们为什么要放了你们？你们可能泄露我们的秘密。”“小个子”问。

绝妙的问题。汉斯用他能想到的最有礼貌的语言说：“因为你们有道德，是体面的窃贼，永远不会伤害那些与大公不共戴天的人，”他勇敢地说，“怎么证明呢？你们只抢劫那些赚取不义之财的傻瓜富人，而不是勤苦劳作挣钱的老实穷人。”

安吉拉冲他使了一记眼刀。作为伯爵，她不确定自己是否喜欢他的这番理由。“你们还是善良的人，心也软，”她说，“本来你们可以用箭杀死法师和他的恶人。可你们只是杀死了他的乌鸦，还是因为它们攻击了你们。”

“小个子”的胸脯鼓起，非常愤怒。“你们怎么敢说我们有道德和体面、善良和心软？我们是恶棍，残暴的恶棍！我们让大公的法师和他的那伙恶人逃走，好传播我们的传奇故事。”

“我们也会的，如果你们放我们走出森林，我们也是被追捕的。”汉斯回答说，“我们不会背叛你的。”

“再说，咱们还有一项共同点呢，”安吉拉说，“咱们都是艺术家，神圣火种的守护人，想象中的斗士！”安吉拉记不起在哪里读到过这句话，但是它起到了预期的作用。

“你觉得我是艺术家？”“小个子”的喉结上下乱动，就像一只在雨水桶里的鸟。

“一点儿不假！”安吉拉宣称，“谁还能给大家灵感，创造出令整个公国都害怕的故事，在小酒馆里传唱？”

“小个子”往他的帽子上猛跺一脚：“我可***不只***激发了灵感！就是我创作了那些歌曲！可功劳归了谁呀？无名氏！”

“你默默无闻地创作，真是好可惜，”安吉拉说，“你的歌词，可是大公国境内最优美的呀！”

“大公国里最优美的？”他的下嘴唇颤抖着，“你是第一个这么说的人。”

“这个世界对艺术家太残忍了。”安吉拉严肃地说，“一个年轻的女伯爵，现在已经死了，曾经说我的木偶剧幼稚，而且傻里傻气的。”

“就是这样的言辞让我卷起铺盖，离开了三座城堡和男爵爵位。噢，这样批评别人的家伙***就该***去死。”他哭着说，“跟我志同道合的朋友，你知道我的真名字吗？我是托马斯·班特，绅士、杰出的艺术家和诗人。我的‘托马斯’是很少见的。[①]”他深深地鞠了一躬，他破旧的硬布帽子的帽檐都扫着地了，“我的伙伴们都是音乐家，他们都是经过培训的，为了在皇宫里演奏我的婚礼小夜曲，而那些没有灵魂、品位低下的贵族们嘲笑我们。我们就来到这大森林里挽救自己的名誉，我们在这里寻求创作的灵感，报复那些侮辱我们的人。”

一只体形庞大的灰狼爬过来用鼻子蹭他的马裤，“让我来介绍齐格弗里德，我们遇到的世界上最真的朋友。”他让那只野兽舔他的脸，“一开始，我们很怕狼群，扔肉给它们吃，让它们放过我们。这样喂养它们，让我们成了它们慷慨的伙伴。多亏了它们和我们所制作的怪兽脑袋，我们从来都不需要费一个枪子儿。只要看一眼，那些贵族就尖叫着从马车上逃跑了。”

汉斯将手放在胸前心脏的位置，“托马斯·班特，绅士、杰出的艺术家和诗人，请带我们去见隐士皮特吧，我们的任务一旦完成，您曾经在黑暗森林里帮助过小女伯爵的事迹，将永远流传于世。”

托马斯还没来得及说话，齐格弗里德和他的狼群就开始围成一圈，嗅闻空气中的味道。现在，其他人也能闻到——烟

---

① 英文名字 Thomas 用得比较多，这个小个子人的名字是 Tomas，是“Thomas”的变体，译成中文也是“托马斯”。——译者注

味。空地旁边大树下的灌木丛里燃起小火，烟就是从那里飘到空地这边来的。

“法师！”汉斯喊道，“他回来了，要把咱们活活烧死！”

“咱们没时间了。”托马斯说着，和他的伙伴们跳上了马。

“我们怎么办？”安吉拉叫道。

“狼王永远不会丢下艺术家伙伴，还有好心的逃犯。”托马斯许诺说，“快上马！”

汉斯双手握成杯形，安吉拉踩在他的手上，一跃就跳到托马斯的马背上了。又一跳，汉斯也稳稳地坐在安吉拉身后了。托马斯和他的伙伴们快马加鞭地从浓烟翻滚的空地冲进明净的黑夜中。

“法师会随着咱们的气味追来的。”安吉拉说。

“别怕，”托马斯回答说，“在陆地上可以追踪气味，但在水里就不行了。咱们飞奔到小溪里，附近有十二条呢，清晨就能把你们送到隐士住的大山山脚下。”

第三幕

隐士皮特

冰冻坟墓

托马斯实现了诺言，太阳升起的时候，他把汉斯和安吉拉送到了大山山脚下，隐士们就住在山上。白雪盖顶的山峰直插云霄，隐士所看起来还不如枕套上的一粒胡椒大。

汉斯和安吉拉与逃犯们一起吃了顿丰盛的早餐——干香肠和干面包，这都是从山泉水汇成的小河里冲下来的。齐格弗里德叼着一根棍子跑了过来，把它放在汉斯脚边，摇着它的大尾巴。汉斯咧嘴笑着，把棍子扔到远处。那只大狼找到棍子，又把它叼了回来。

"你交了个新朋友。"托马斯微笑着说。

汉斯挠着那只大狼的耳朵，"我和安吉拉现在要走了，齐格弗里德。如果想今晚到达隐士所，我们得爬很多山路。"齐格弗里德举起一只爪子，好像在挥手告别。

逃犯们集合到一起。托马斯送给汉斯一双靴子："你需要这双靴子，到了高山上，它可以保护你的脚不被冻伤。我是从当地一个残忍的治安官那儿偷来的，惩罚他像穷人那样光着脚走路。”

“我从心底感谢您。”汉斯说，“这是我这辈子第一双靴子，甚至是第一双鞋。”

“希望它们能温暖你的脚，让你的脚和你的心一样暖。”托马斯说。

安吉拉握着他的手说：“再见了，托马斯·班特，绅士、杰出的诗人和狼王。”她把珠宝袋子里仅剩的三颗珠宝拿出来，“请接受它们，用以回报您善良的帮助。这是我仅有的东西了，虽然您应得的比这些多得多。”

托马斯露出惊讶的神色，“其实，我什么也不该得。我仅仅创作了那些歌曲，除此之外，我既不是狼王也不是诗人，我不过是一本写满谎言的故事书。”

安吉拉摇了摇头，说：“这些故事组成了真相。没有您——狼王，我们已经死在法师手上了。可现在，我们站在这里，还活得好好的。还有什么比这个传说更真实呢？”

“谢谢你。”托马斯说，他的喉结上下跳动。

“我，也想表达我的感谢，”汉斯说，“可是我什么东西也没有，没法报答您。”

托马斯凝视着小徒弟明亮的眼睛。“记住我，”托马斯说，“没有什么礼物比此刻更有意义了。”

*

汉斯和安吉拉爬了一整天的山。他们一开始沿着小溪旁的一条小径行进。路边有浆果灌木，还有奶牛吃着丰盛的青草，牛脖子上的铃铛在风中演奏出令人烦闷的旋律。

午后，他们走到一条从山侧奔涌而出的小溪边。从这里开始，小径变得弯弯曲曲，路也陡了起来。青草矮了许多，泥土都从岩石上脱落下来。山羊伸长了脖子，好像是在看汉斯和安吉拉是否带来了面包和奶酪作为礼物。

皮肤可以感觉到空气越来越干冷。汉斯搓了搓手取暖。

安吉拉停下来问："你需要我的手套吗？"

"我没事儿，"汉斯说，"你要保暖。"他往手掌里哈了一口气，把手缩进长袍袖子里，"咱们要想黄昏到达隐士所的话，最好现在加快点儿步伐。"

安吉拉点了点头，把将军头盔拉下盖住耳朵。他们已经爬得很高了，背阴处的石头上都结了霜。

路到头了。从这里开始，石头一层层地堆得很高。他们顺着几个像楼梯台阶一样的石层登了上去。其他的石层则高过了他们的头顶。安吉拉爬上汉斯的肩膀，艰难地攀上石层；然后，汉斯用力跳起来，用她悬垂下来的胳膊做绳索，拉着爬上去。

石层越来越危险，上面铺满了积雪。小石子儿和稍大些的石块掉进他们的靴子里，卡进他们的脚和脚踝里。皮靴子被打湿之后保暖作用就不大了，而且，皮子很快变得僵硬，抓不住石头。安吉拉滑了一下，汉斯抓住了她的手肘。他的手冻得发青。

太阳在大山背后落下。前路不可知，光线暗下来，阴影越来越重。

“天黑了，咱们走不到隐士所了。”汉斯打着寒战，“走错一步，咱们就得摔死。再上两层，那儿有一个很大的豁口，够咱俩容身。咱们可以在那儿休息到天亮。”

“不，”安吉拉说，“咱们会被冻死的。”

“咱们抱在一起就不会冷了。”

汉斯把她推上更高一层石阶，随后也爬了上去。他们周围云层环绕，豁口也看不见了。汉斯爬到了更高一层，把手伸了下来，安吉拉在冰冷的雾气中抓住了他的胳膊。汉斯使劲拽了很久，她终于爬到了他身边。

他们坐在地上大口大口地喘气，疲惫不堪。他们的后背贴着冰冷的岩石，腿搭在悬崖峭壁上。

“大豁口就在咱们左边。”汉斯说。他们往左边移动，一英尺一英尺地挪，身体紧紧贴着岩石。大风就在他们耳边呼啸。

“如果我出了事儿，”安吉拉平静地说，“我想让你知道，你是我在整个世界上最好的朋友。其实，你是我唯一的朋友。”

“你也是我唯一和最好的朋友。”汉斯说着，紧紧地抱住她，“你不会出事儿的，我保证。”

他知道这是假话。他们活不了了。然而，他们死在这个大豁口里至少是安宁地死去，而不是被撕成碎片。汉斯一想到安吉拉尖叫着跌下山谷，或者她的尸体被碾碎，他就受不了。想象这些发生在他自己身上，他也受不了。“咱们一起经历这一切，”他对着她的耳朵低语，“咱们是一起走到终点的朋友。”

“是的，”安吉拉低声说，“一起走到终点的朋友。”

她感觉不到自己的脚，她的脸也麻木了。她闭上眼睛，看到了爸爸妈妈。如果她死了，他们就永远也找不到了。为了他们，她必须活下来。她很快睁开了眼睛，但它们又合上了。她眨着眼睛，挣扎着保持双眼睁开。然而实在太冷了。眼睛闭上了，闭上了，慢慢地闭上了，她静静地不动了……

汉斯轻轻地亲吻她的额头。豁口和他以前进入的任何坟墓都不同。至少他是自由的，呼吸着新鲜空气，而不是被困在一个盒子里。

他的睫毛上结了亮晶晶的冰，他的眼睛闭上了。他麻木的手脚感到一阵暖意，非常暖和——有一阵，他梦到一位和蔼的老人把他裹进一条毯子里。“鼓起勇气，我的孩子。”一个盒子盖在他眼前合上，然后他飞上了天空，天空中有闪闪亮光，他在漆黑的夜空中摇晃。

汉斯又听到了那个声音。

“鼓起勇气，鼓起勇气。我们就快到了。”

汉斯睁开眼睛，眼前是炫目的亮光，他和安吉拉都朝着亮光飞去。围在他们周围的是一些穿白衣服的人，也同他们一起往上飞。

“他来了！”那个声音又响起来了。

汉斯往那个声音传来的方向望去，却发现自己的脸埋进了一堆胡子里。他向后仰了仰，看见一位面色红润、留着浓密白胡子的人，他的头发同样是白色的，浓密蓬乱，向四周生长着。一个光环在他乱蓬蓬的头发里发着光。

“你是上帝吗？”汉斯好奇地问。

“不，”那个人大笑起来，“我是隐士皮特。”

栖息于死人身旁

就在那个时候，法师又回到废弃的坟墓里，孤身一人，饥肠辘辘。他吃了从商贩的马车上顺来的胡萝卜，现在只剩下两个土豆可以啃了。他把土豆存在他的空眼窝里。***至少，***他坚定地想，***土豆是有眼的***。

他缓慢又小心地来到汉斯和安吉拉待过的棺材地道。***我的猎物们现在在哪儿呢？***他想，***回到施瓦恩伯格城堡之后，我怎么跟大公交代呢？***

法师在洞口跪下。还有哪里比被包裹在阴冷潮湿的地下更适合思考和做梦呢？他像蛇一样滑了进去，静静地躺着。虫子从地道的墙里爬出来，蠕动着爬上他的袍子。它们在他的胳膊和腿上随意爬行，他却十分放松。***和尸体躺在一起，***他想，***是多么平和啊***。

他的思绪飘回到汉斯和安吉拉逃脱的那个场景。他知道狼王或者怪兽族群都是不存在的——神秘的生物是不需要骑马的。很明显，那群家伙是逃犯，用这些伪装吓唬世人，让世人远离他们的藏身之所。还好他没伤害他们，否则，他们不会仅仅杀死他的乌鸦，还会杀死他和他的恶人们。

那么，他们为什么要带走那个小子和丫头呢？不是作为战利品——那两个孩子只会暴露他们的行踪，也不是为了杀他们——他们完全可以在空地那儿把他们杀死。那就只剩下一种解释了——他们要护送那两个孩子去什么地方。

可为了什么呢？因为善良？如果法师有眼睛的话，他这会儿肯定要翻白眼。好心的窃贼，就像唠叨的保姆以及邪恶的法师一样，都只存在于童话里。

除此之外，最重要的问题是，他们去了***哪里***。那个地方肯定与世隔绝，因为没有城镇可以逃过他的暗中监视。而且肯定是在北方，因为他们一直向北方走。对，在北边***很远的地方***，商贩的马车可以证明路途遥远。

可是，他们可以在遥远北方的什么地方找到避难所呢？

一只鼻涕虫把它潮湿的触角伸进了巫师的左耳孔，似乎在吐露秘密。

“啊，”法师笑起来，“当然啦！”

隐士皮特

整个晚上，汉斯都陷于昏迷与清醒的反复中。他知道自己在一间石头和泥沙建造的房间里，还知道烟从石头垒的火塘里升起来，飘散到熏黑了的木头房顶上。空气里闻起来有桉树的味道。有几个隐士用桉树油为他暖和手脚，还让他闻装着松针的香熏钵子。他们把他放在火塘附近躺着，还给他盖上一摞山羊皮。安吉拉躺在他旁边，身上也盖了一摞山羊皮。

隐士皮特坐在他们俩中间。他抚摩着他们的头发，用布擦去他们额头上的汗，还把他们的头扶起来，以便他们能喝进一点儿用树皮和树根煮的茶。整个过程中，他都一直对着他们低语，说着鼓励他们的话，为他们祈祷。

其他隐士在屋子里围成一圈，用拉丁语歌唱。有些隐士跪在地上，头朝后仰，手掌向上延伸。其他的人围着圈旋转，白色的长袍在他们身上飞舞翻腾。

“这就是隐士所了吗？”汉斯咕哝说。

皮特捏了捏他的手，“这儿是家，”他说，“不要管你在哪儿，只需把这里当作家。”

他们的高烧在黎明之前消退了。到了中午，他们被扶起来，喝了些杯子里的鸡汤。其他隐士都去做日常工作了，皮特独自留了下来，他们的健康是他现在唯一担心的问题。

汉斯觉得东道主很神奇。他穿着一件用五颜六色的皮子拼接的披风，披风从他宽大的肩膀一直垂到他满是肌肉的胳膊和胸膛。这是一个饱经沧桑的人，他的宽脸盘和两只手都被太阳晒伤了，然而，他明亮的蓝眼睛却像海港的灯塔一样穿透愁云。最让人印象深刻的是他浓密的头发和胡子，看上去就像是麻雀窝一样。

汉斯试着不盯着他看，“您怎么知道去哪儿找我们？”

“哨兵中午就发现你们了。”皮特说，“我们用望远镜看你们爬山，不知道你们是朋友还是敌人。天黑之后，我们决定行动。救回活人总比扛回尸体更让人开心。”

安吉拉喝了一大口汤，“你们为什么还有哨兵？”

“你难道不庆幸我们确实有吗？”皮特笑着说。

安吉拉皱了皱鼻子，说：“这算是答案吗？”

“这就是你能得到的答案。”皮特大笑起来，“我这儿也有两个问题问***你们***。你们是谁？为什么要来这儿？”

“好吧。首先，我是安吉拉·加布里埃拉·冯·施瓦恩伯格伯爵，这是我最好的朋友，汉斯。”

“安吉拉·加布里埃拉·冯·施瓦恩伯格，”皮特吃了一惊，“这是我给你起的名字。你的父母曾施恩让我睡在你家的干草堆里。”

“是啊，”安吉拉说，“现在，我来向您寻求保护了。大公把我父母关了起来，他要杀死我们。”

“什么？”

安吉拉把事情的经过告诉了他，皮特摇了摇头，必要的时候来回摇晃着身体。当描述到她被埋葬的场景时，他从凳子上跳了起来。当安吉拉说到汉斯救她的那一段时，他给了那个男孩儿一个父亲般的拥抱：“伟大的盗墓人！”

“我只是个小徒弟。”汉斯害羞了。

“言归正传，”安吉拉干脆地说，“我父母说您是个智慧的人，我需要您告诉我该怎么把他们救出来。”

“首先，你们必须休息。”皮特回答说，“刚从病床上起来的孩子不适合跟强大的大公以及他的巫师对抗。”

“可没时间了啊！我父母现在很危险。”

“时间如同生命，从来都不会太短。”

安吉拉的脚在被子下面一蹬：“您不明白！您怎么能明白呢？大公从来没伤害过您。”

“没有吗？”皮特的脸颊没了血色，“那个混账害死了我儿子，我唯一的孩子。”

“对不起，”安吉拉说，“我不知道。”

皮特的眼里充满泪水，“我妻子在生产的时候过世了。当我连孩子也失去之后，我就在大地之间闲逛，因为太过悲痛，精神失常了。我就是这样遇到了你的父母。他们帮我恢复了理智，我便隐居在此，远离世间的不快。”他眨了眨眼睛，“我觉得有点儿无聊。来，快起来，咱们去门廊。”

大厅的门廊由厚木板盖成，这些木板被架在小石头柱子上。从这里，汉斯和安吉拉可以看到隐士所的全景。隐士所很大，是一片三角形的高原：一边是一面山壁，有一百码宽，他们就差点儿死在那儿；另外两边背靠“V”字形的陡坡，这个陡坡跟山的顶峰一样高。

“这个门廊是我们的圣坛，”皮特虔诚地说，“高原就是我们的教堂。”

汉斯敬畏不已。高原三面被包围，剩下的一面向着南面的太阳，就好像是早春的牧场。山羊和绵羊啃咬着耐寒的青草；水仙花、仙人掌，还有蓝铃花从浆果灌木下的积雪中冒出头来；大山背阴的那面布满了青苔和常青藤。

安吉拉指了指隐士们。他们正围着大地中间一个巨大的树桩站着，每个人手里都握着一把沉重的木剑，在轮流刺砍树桩，同时嘴里发出吼叫。

“他们在做树桩训练！”安吉拉叫起来。

“他们每天都练习。”皮特说。

“可是树桩训练是骑士们在比武和战斗之前才练的呀。”

“他们就是骑士，贵族人家的儿子，悲痛带他们来到这里，就像悲痛带我来到这里一样。”

“他们都是从哪里来的?”汉斯问。

“很远很远，他们都是从遥远的地方来的。”皮特说。

安吉拉对着汉斯翻了个白眼——一个满口谜语的隐士在现实生活中就跟在故事书里一样让人心烦，但也让人感到神秘。

皮特用手指梳了一下头发，他的情绪好起来。“我们的树桩是附近最好的。你们身体康复后，欢迎你们也参加练习。”

“我很想练。”汉斯说。

“如果可以，我不想流汗，”安吉拉说，“可在我身体恢复好，能去救我爸妈之前，我需要做点儿什么。在家的时候，我做木偶。您这儿有工作坊吗?”

皮特指了指高原，“我们在那个粮仓里做酒桶和棺材，里面的工具你随便用。”

汉斯看到粮仓后面的石头墙上有很多洞穴，于是问道:“那些洞里是什么?”

“那是隐士们的休息室，我们白天在里面静思，晚上在里面睡觉。我们也会给你们俩每人准备一个。”

“我的一生都是在山洞里度过的，”汉斯说，“我们能不能睡在大殿里呢?”

“没有大人在场?”皮特扬了扬浓密的眉毛，“你父母会怎么说?”他开玩笑地问安吉拉。

“他们会说，我们其中一个应该睡在大屋里，另外一个睡在粮仓里。既然我是个女孩儿，又是个伯爵，嗯……”她对汉斯微微一笑。

“好吧，”汉斯气呼呼地说，“我睡粮仓。如果太冷了，我想我还能和绵羊抱在一起。”

皮特拍了拍他的后背，“好小子。”他转身打算带他们回屋。

“等等，”安吉拉说，“山上的松树边藏着什么？”

皮特顿了一下，说：“我的私人教堂。你们永远也不要进去，永远不要。否则将会经历被放逐的痛苦。”

“为什么？”

皮特的眼睛闪着光，“因为是我说的。”他突然间转过身，走向另一边。汉斯和安吉拉惊奇地看着他，默默无语。

“放逐？”安吉拉皱了皱眉头，“为什么那间教堂这么重要？”

“我不知道，也不想知道。”

“但是，太奇怪了。皮特成为隐士之前是谁？为什么阿尔努夫要杀掉他的儿子？他的小教堂里藏着什么秘密？”

“有一件事很肯定，”汉斯说，“隐士皮特绝对不是他看上去的那个样子。”

被夸大的故事

傍晚时分，法师回到施瓦恩伯格县。他以为他的恶人们应该还藏在陶场，而大公应该正在城堡里踱着步子，不耐烦地对着石雕猛击，直到砸出洞来。可事实恰恰相反，他发现恶人们翘着腿坐在庭院里，穿着华丽的衣服，全身装扮一新——双排扣礼服和马裤——是本村裁缝用冯·施瓦恩伯格家的挂毯缝制的。阿尔努夫正在给他们表演木偶剧，剧的主角就是他的手骨。

一看到法师，恶人们就趴在他脚下，手摸他的长袍边，亲吻他干瘦的脚指头，“我们以为您已经死了，主人。我们以为狼和怪兽已经把您吃了。”

“你们想错了，我的宠物。”

“大法官，”阿尔努夫喊道，“你生还了，我真高兴。你的恶人们跟我讲了狼王攻击你们的情况，恶人们还勇敢地追捕到了盗墓贼的小徒弟和小女伯爵。”

法师低下头看着恶人们，“告诉我，我的宠物，你们是怎么追捕他们的，你们不是把我留在空地里了吗？”

最大的那个恶人挺起下巴说：“狼王他们发起攻击的时候，咱们的猎物跑进森林里了。我们追了上去，把他们杀了。”

法师笑了，“那么，请告诉我，尸体在哪儿？”

“怪兽们飞下来，把他们吃了。”那个恶人严肃地说，“然后它们飞走了，只给我们留下了那个男孩儿的心脏。”

“你的恶人们把心脏拿给我看了，”阿尔努夫说，“还有那个女孩儿带血的陪葬珠宝。作为回报，我已经封他们为国王骑士了。”

“恶人骑士们？噢，天哪！”法师假装鞠了一躬，用他的手指甲摸着他们的脸，“他们这么快就长大了。”他对阿尔努夫叹了口气，“不再是我的宠物了，而是拍马屁、赚恩宠、节节高升的小大人了。”

“是的，主人，”一个关节结痂的恶人说，“很快，我们在宫廷里的势力就能跟您一样强大了，甚至比您更强大。因为我们有眼睛，看得见。”

一阵蕴藏着危险的沉默。“你们是有眼睛，”法师冷淡地说，“可你们都是瞎子。”

“瞎子？”

“是的，你们瞎了眼，竟然想夺取我的权力。你们瞎了眼，竟然冒着用谎言背叛大公的危险。”

“什么？”阿尔努夫叫道。

“不……我们从没说过谎。”恶人们战战兢兢。

“你们到现在还在撒谎。”法师接着说，“你们像懦夫一样从狼王的怪兽面前逃跑，留下我一个人面对敌人。你们偷走了那个商贩的心脏，还是我杀死了那个商贩，你们还从泥坑里挖出了那个丫头的珠宝。”

阿尔努夫看着恶人们，他感到一阵眼花，“你们给我解释解释。”

恶人们吓傻了，“这只是个故事，一个天真的故事。”

“谁听到过天真的故事？”法师嘲弄道，“谁控制故事的发展，谁就控制了世界。”

“咱们应该怎么处置叛徒？”大公问。

法师双手相扣开始祈祷。“棍棒之下出孝子。”他虔诚地说。

“没错，”阿尔努夫咆哮道，“你们的命运将是一部很好的道德教材。”他一把抓住两个恶人，像击钹一样把他们猛撞在一起。法师揉了揉肚子，他们的小脑壳让他想起做鸡蛋饼时敲碎的鸡蛋。如果鸡蛋也会尖叫的话，就更像了。

阿尔努夫把恶人们扔作一堆，“我想我做得并不过分。”

“天哪，不。人要足够残忍，才能足够善良。”

“说得好。”阿尔努夫弯了弯他的铁手关节，“该谈正事儿了，那小子和那个丫头的***真实情况***怎么样？”

“狼王的手下把他们带到了安全的地方，”法师编织着自己的狡猾故事，“然而，胜利还是属于您的，陛下。因为这些会飞的怪兽只是可以随意变形的术士。”

“你怎么知道？”

“昨晚，我和死人睡在一起。我的灵魂飞到地面之上，发现那些怪兽和那两个孩子在一起，他们已经变回了人身。”

“咱们去抓住他们，在我的大殿里挂上他们的脑袋，”阿尔努夫喜形于色，“可他们是谁，住哪儿？”

“到墓穴来，”法师说，“我会为您展现幻景。”

“马上去。”阿尔努夫抓起一盏灯笼，示意他的守卫跟上。

庭院刚一没人，就有两个小恶人从他们兄弟的尸堆底下探出头来。

“咱们还活着吗？”其中一个小声问。

“我想是的。”另外一个小声回答。

“咱们现在怎么办？”

“跑！跑到主人永远也找不到的地方。”

*

阿尔努夫跟着法师走过树林，来到施瓦恩伯格家族的墓地。他让他的守卫们在远处停下，自己进了墓穴。法师的身边总是围绕着一些超现实的东西，但在这儿，被埋藏了几个世纪的死人包围着，阿尔努夫感到自己呼吸的空气里都充满了鬼魂的味道。

法师用自己的手杖敲打安吉拉的棺材，然后在棺材旁边画出一个六边形："躺进那个丫头的棺材里。"

阿尔努夫把灯笼放在棺材边，爬了进去。法师从他随身携带的小袋子里拿出一块肮脏的真菌放在大公的舌头上。立刻，阿尔努夫看到整个地下墓穴开始旋转。他侧过身躺着，又变回平躺，浑身流汗，他的瞳孔疯狂地转来转去。

法师围着他转圈，像螃蟹一样横着走，他的头倾着，正对着大公的头。灯笼的光在他空洞的眼窝里跳动，"您看到了什么？"

"帆布、洞穴。"大公呻吟道。

"是的，"法师唱了起来，他的声音听起来很遥远，"术士们住在山洞里，您能看到他们施展法术吗？"

大公用力地盯住对方幽暗的眼窝，***是的，是的，***他想象着，***看到他们了，小小的影子，从山洞掠过***。

法师轻轻地走到阿尔努夫的脚边，"往上看，您能看到他们在夜空中飞行吗？"

阿尔努夫抬头盯着洞顶上摇曳不定的影子。他越看，越能看出像某种生物，就像法师说的——长着翅膀和尾巴的怪兽，刚一出现就消失了。就像盯着云彩看一样，只是现在的环境黑暗、可怕，而且真实。"他们落到哪儿去了？"

"看看您的四周，"法师敦促道，"死人将引导您。往云里面看。"

阿尔努夫照做了。他看着灯笼光所照射的棺材架子，一层又一层，然后看到洞顶上摇动着的影子。棺材的木板，它们像……***大山***？他想。“他们在大山里！”他喘着粗气说。

“是的，陛下。”法师低声说。他顺着阿尔努夫的话说，“怪兽们降落在远处的山上，他们在那儿变回人身。”

“可远处的山里没住人。除了几个隐士，就没人了。”

法师对这个想法并未加以评论。

阿尔努夫眨眨眼，惊奇地说：“隐士们就是术士？”

法师还是沉默，这个想法已经扎根了。

“真是聪明的伪装！”阿尔努夫叫道，他的眼睛睁得像护胸甲一样大，“术士们住在云里，是的，然后他们在那儿神不知鬼不觉地再变成隐士。”

“您很聪明，陛下，也很机智，”法师奉承道，“远处山上的隐士所和里面的小山洞，他们把那小子和那个丫头带到那儿去了。您应该去那儿杀掉他们。”

阿尔努夫皱了皱眉，“如果隐士又变回怪兽怎么办？”

法师讲了一个远古的传说：“远古时代，可以反射影子的盾牌曾经降服过这样的怪兽。它们一看到自己的丑态，就僵住不动了。”

阿尔努夫擦去了额头上的汗水，“咱们必须尽快赶回皇宫。我要召集军队，锻造可以反射影子的盾牌。一周之后，咱们就能到达术士的老窝，杀掉狼王和他的族群。之后，将会有宏大的史诗和歌曲传颂，我的名字将万古流芳。而你，我的朋友，将享有无穷无尽的财富。”

“非常感谢。”法师狡黠地笑了笑。只用了一盏灯笼、一座墓穴和少许真菌，他就把大公跟自己紧密地连在了一起，靠着他最强大的魔法——想象。

禁入的教堂

第二天早晨，汉斯和安吉拉身体已经恢复，可以去隐士所各处看看。皮特给他们拿来暖和的新衣服，替换他们的修士法袍和将军服，随后带他们来到悬崖边上。悬崖之下，河流和山泉蜿蜒曲折，在太阳的照射下，看上去像一条条闪亮的银线。

“最好沿着路边山羊的足迹往上去，”皮特说，“路非常难走，但至少可以活着到那儿。”

白雪环绕群山之上，一些雪从悬崖右侧的陡峭岩石上落下，这些雪还没有融化。“西边悬崖的阴影遮住了这边，雪不容易化。可以来个快速滑雪，不过我可不建议你们这么做，”皮特说，“有一次，我仰面滑了两百码[①]，直到抓住旁边掠过的浆果灌木才停了下来。我差点儿吓死了。”

---

① 1 码等于 0.9144 米。——译者注

重重的一声钟响，隐士们都从宿舍跑出来围着地中间的树桩转圈，挥舞练习他们的木剑。

"树桩训练！" 皮特喊道。

"我正想仔细看看您的工作坊呢。" 安吉拉说，边说边从岩壁边走开。

"我也正想找点乐子。" 汉斯笑着说。他和皮特往树桩走去，"为什么剑都是木头做的？为什么要击打木桩进行练习？"

"木剑的重量是金属剑的两倍。若真的打起仗来，真剑拿起来感觉就跟羽毛一样轻。" 皮特说。

树桩练习对于汉斯来说如鱼得水，长年累月从事刨坑和拖拽的劳动，让汉斯积累了很大的力气，而挖地道的工作又把他训练得非常灵活。反而是冲刺时自由地咆哮带给他一种特别的刺激。

他使用铁头木棒和长木棒则更是得心应手。木棒都是用橡木和山楂木做成的。铁头木棒八英尺长，木棒十五英尺长。皮特教他把一只手放在棍子的中间位置，另一只手放在这只手和棍子底端之间的中间处。很快，他就学会了躲避刺击，并击打膝盖把敌人撂倒。

汉斯曾经为了保护自己，用铁锹这么对付过克诺贝。然而，他惊奇于长木棒带来的强大的打击力，以及为了控制它，他所需要的超乎寻常的控制力。他不止一次地发现自己被制伏在地，周围围着一群嘲笑他的隐士。

"我学会了侧方跨步、弯身闪避、侧身躲闪和滑步，还学会了制造陷阱、拦截剑和棍子。”他边吃炖羊肉，边眉飞色舞地跟安吉拉说。她微笑着，点着头，有礼貌的人在感到无聊至极时都是这种表现。当问到她上午过得怎么样时，她耸了耸肩，眼睛看向别处。她的反应很奇怪，但汉斯没时间问了，午饭之后，他还要进行菱形盾和小圆盾训练。

*

一周时间飞逝，汉斯习得了战斗技能，而安吉拉在工作坊里不知道干了些什么。第七天，一场暴风雪席卷了隐士所的所在地，大山右边远处的陡壁也被大雪覆盖。隐士们看到汉斯双脚踩在稀滑的雪泥里还能保持平衡，感到非常惊奇。

“你怎么能有这么好的平衡力？”皮特问。

“都是在满是稀泥的坟墓里练出来的。”汉斯害臊起来。

第二天仍然是暴风雨雪的天气，安吉拉坐在悬崖边上的一块大石头上，向下盯着黎明前滚滚而来的厚厚云团。隐士们都去冥想了，汉斯走过来，在她身边坐下，她并没有抬眼看他。

“看起来像巨人盖的鸭绒被。”汉斯开口打破了沉默。

“嗯嗯。”她心不在焉地回应着。

汉斯仔细打量着她紧皱的眉头，“怎么了？”

“没什么。”

“跟我说说。好几天了，你都没怎么说话。为什么？出什么事了？”

安吉拉把注意力转了回来，“我看了不该看的东西。别让我告诉你我看了什么，这是为你好。”

“是谁说的？”

“我得走了。”她站了起来。

汉斯抓住她的胳膊：“除非你告诉我你的秘密。咱们可是朋友啊，一起走到终点的朋友，还记得吗？”

安吉拉看看汉斯，又看看隐士们的宿舍，又看了看汉斯，“好吧。不过，你可别说我没提醒你，”她大大地吸了口气，“我进了皮特的小教堂。”

汉斯大吃一惊，“他说不许咱们去那儿！”

“没错。一切禁地都是最有趣的。不管怎么说，没人看到。你们都在忙着砍那个愚蠢的树桩子时，我偷偷溜进松树林，爬到小教堂去了。那里根本没上锁。”

“当然没有了，”汉斯说，“这儿的人之间互相信任。要是皮特抓住了你可怎么办？”

“我会哭，然后说自己很抱歉，还会说我只是想找个凿子做木偶的头。”

“太傻了！他说他会放逐我们的。”

“他永远也不会放逐***我***的。我是女孩儿，还是伯爵，而且是他给我起的名字。当然，他可能会放逐***你***。对女孩子来说，生活不一定公平，可有时候对男孩子来说，也不公平，尤其是对穷人家的男孩儿。这就是我之前不愿意告诉你的原因。我看到的东西太奇怪了，我知道，如果我告诉了你，你肯定会想亲眼看看。”

“看*什么*？”

“所有的东西——地图，一个外国的饰章，一个隐蔽的山洞……”

“隐蔽的山洞？”

安吉拉点了点头，说：“教堂建在一块大岩石的大洞上面，这个大洞又通到大山里的一个山洞。山洞里有好几箱子旧的短上衣、锁子甲，还有武器——两只手同时用的剑、轻剑、大刀、短剑和匕首。山洞后面是一个木楼梯，可以从木楼梯爬到山洞顶，然后爬到教堂上面的山坡上去。在一块伸出去的岩架上，还有一具很大的弩炮呢，不过被大树和岩石挡住了，从外面看不出来。”

汉斯吹起了口哨，“弩炮？这里除了空气，没什么可以用弩炮攻击的呀。”

“我早就说过了，这很奇怪。”

“还有地图和外国的饰章呢？”汉斯问道。

“其中一张地图画的是首都的市集广场，”安吉拉说，“地图上用点标记出市集广场下面的地下墓穴，这些点连成线，把皇宫和大教堂连接起来。其他的地图是城市和郊区的，跟这张一样详细。最后一张地图就是我每天祈祷要找到的答案，里面藏着拯救我爸妈的钥匙。”

“是什么呀？”

“一幅详细的皇宫地图。”安吉拉说，“地图上画出了皇宫里一层又一层的情况，还用红色标出了秘密通道呢。地图上还画了一个地牢，地牢外面是个湖。汉斯，那张地图可以带我找到我的父亲和母亲。”

“一个隐士怎么会有皇宫的地图呢？”汉斯轻声问道。

“这不重要。”

“当然重要了，”汉斯紧紧握着她的手，“皇宫地图可是秘密啊。没人知道大公的秘密通道。地图***看起来***像真的，安吉拉，但画地图的人也同样创造了那个不知道做何用的弩炮。”

“并不是说教堂里所有的东西都是装样子的，”安吉拉回击说，“还有武器呢……”

“是呀，”汉斯说，“他们从做隐士之前的生活中带来的，然后就存在这儿。这跟能引导你去你爸妈牢房的地图可不一样。”

安吉拉的视线模糊了，“我知道这看似不可能。可如果是可能的呢？如果皮特有我们所不能理解的秘密呢？不只是地图——就连那些外国的饰章看起来都像是真的。”

“谁都能造饰章啊。”

“没错，可是这个饰章特别醒目，我现在都记得它是什么样儿——两头跳舞的独角兽，在它们俩的上方，有从鹰头里喷出的闪电图案……”

汉斯脸色发白，“安吉拉，你别跟我开玩笑。”

“我没跟你开玩笑。”

“独角兽——它们在花环上跳舞？”

“是啊，”安吉拉说，“还有微风，从左边吹过来的。”

“太阳从右边照射过来。”

“你怎么知道的？”

“那个饰章……我还是小婴儿的时候，被放在一个木盒子里，漂到了海岸上，那个饰章就刻在那个木盒子里。安吉拉，我必须去看看，现在就去！”

惊人的发现

就在汉斯和安吉拉飞快地跑向皮特的秘密教堂时，大公的五十个士兵正带着可以反射影子的盾牌攀登隐士们的山峰。整个上午，他们在云层的掩护下顺着山羊走过的小径攀爬。现在，天空晴爽，他们马上就要到达高原了。阿尔努夫在山脚下用望远镜观察着他们。

法师就在大公身边，懒洋洋地躺着，眼窝里安放着小镜子，“很快，您的士兵就要用利剑和弓箭降服这些隐者术士，并把他们的尸体从山崖上扔下来。”他温柔地说。

“除了那个男孩儿和女孩儿，”阿尔努夫心满意足地说，“他们将在市集广场上被烧死，因为他们是法师。他们的尖叫声会让整个世界感到恐惧，直到世界末日。”

汉斯和安吉拉循着皮特的脚印去了小教堂，保持自己的脚步在他的脚印里，以此掩盖他们的行踪。他们知道时间不多了，隐士们的冥想很快就要结束了。汉斯抬起门闩，门戛然打开，他们溜了进去。

汉斯深深地吸了口气。他进了不该进的地方，这感觉很奇怪，如同他进入坟墓的那些夜晚。他知道，这个房间里可能隐藏着解开他身世之谜的钥匙。

安吉拉带着汉斯来到挂着饰章的那面墙前。它的影像浮现，如同来自梦中——独角兽、微风、花环下的拉丁文。他还记得自己小时候用手指摩挲着盒盖子上的纹饰。

“就是它。”他轻声说，“可为什么会在这儿呢？”

下面的山洞里有脚步的回响声。有人往教堂的这层洞口来了。没时间逃跑了！汉斯指了指角落里的一堆山羊皮，他们钻到了山羊皮下面。

紧接着，他们就听到皮特从洞口爬进来的声音。他抖了抖披风，“我还猜测你要多久之后再来呢，”他严厉地说，“几天之前，你踩着我留在土里的脚印。今天，是沿着我留在雪里的脚印。”

汉斯和安吉拉紧紧地闭上眼睛，希望他是在跟别人说话。可他们没这么好的运气。

“我在跟你说话呢，”他说，“你以为我看不出融化了的水珠一直滴到了羊皮堆那儿吗？出来，看着我。”

安吉拉从羊皮堆底下爬了出来。

“你的朋友呢？”

“我不知道，就我一个人。”

“不，不是的。”汉斯坦白了，他掀开羊皮，站了起来，“请别责怪安吉拉，是我要来的。”

“她已经长大了，自己能思考了。”皮特怒视着他们，“这是我的圣地，你们为什么辜负我的信任？”

“因为这里有关于我的过去的秘密。”汉斯坦白，“这辈子我都对自己感到陌生，我来这里想找到自己是谁、从哪儿来的答案。”

“愚蠢的谎话！这间屋子跟你没有任何关系。”

汉斯指了指那面墙，“那个饰章跟我有***很大的关系***。”

“别骗我。”皮特警告他说。

“我没有。我还是婴儿的时候，有人把我锁在一个盒子里，盒子被扔进海里。这饰章就刻在那个盒子的盖子上。”

隐士脚下一晃，“可你说你父亲是盗墓的。”

“那个发现了我、把我养大的父亲，是的。”汉斯说，“关于我的亲生父亲，先生，我什么也不知道。”

隐士的眼睛瞪得大大的。“不可能啊，”他惊奇地说，“让我看看你的右肩膀。”

汉斯看看安吉拉。

“给他看。”她说。

“快点儿，”皮特催促道，“趁我还没彻底丧失理智。”

汉斯脱掉大衣，解开衬衣。皮特抓住他的胳膊，凝视着栖息在他肩膀上的胎记。“是老鹰的形状。”他惊奇地低语。

“我生下来就带着它。”

“当然了，你生下来就带着它。我从来都没忘记过。”皮特用披风裹住汉斯，把他抱在胸前。

“我出生的时候您在场？”汉斯迷惑地问，“您怎么知道？您都知道什么？”

“是呀，快说说。”安吉拉回应汉斯的话。

皮特勉强镇定下来，开口道：“很多年前，一个男人带着他尚在襁褓的儿子航海。他自己的弟弟背叛了他，买通船长和大副，要他们置男人和孩子于死地。叛徒杀死了睡梦中的忠诚的船员们，然后转向了男人和他的孩子。然而，那个男人被一个水手的叫喊声惊醒。他把儿子锁进那个曾属于自己妻子的盒子里，抱着盒子跳进了大海。他在海里待了很长时间，一直紧紧地抱着盒子，可一个大浪从他手里抢走了盒子，还把盒子卷到很远很远的地方。”

汉斯几乎喘不过气来了，“那个男人后来怎么样了？”

“人们在海滩上发现了他，他像个疯子一样哭喊，”皮特说，“后来，他的神志恢复了，他离开了俗世，成为你眼前的这个隐士。”

汉斯浑身发抖道：“父亲？”

“就在你的眼前！”

他们相拥在一起，就在这一瞬间，多年的分离消失得无影无踪。

攻击

安吉拉的内心因这对父子的重逢而翻江倒海。她打心里为汉斯高兴，却又因倍感孤独而哽咽。

皮特看出了她的痛苦，“没事儿的，孩子。快乐难以感同身受，尤其是当它唤起悲伤的时候。这悲伤就来源于你的父母。请给我一个机会，让我做你的父亲和母亲，直到你和他们团聚。”

汉斯和皮特伸出自己的手，安吉拉奔向他们，三个人拥抱在一起。

正在此刻，钟声大作，隐士们叫喊着往教堂跑来。“有袭击！我们被袭击啦！”

皮特甩开大门，箭从远方岩架那边飞上来，密集地落在高原上。六个隐士急匆匆地跑进来，他们用酒桶盖子遮着头，“岩架以下五十码的地方有士兵。”

“快去弩炮那儿！”皮特命令道。

隐士们从教堂顶的洞口钻了出去。

“弩炮有什么用？”安吉拉问，“它瞄不到任何目标啊。”

“好好观察，边看边学。”皮特说。此时，越来越多的隐士涌入教堂，跟着自己的同伴爬出洞口，然后爬到弩炮旁边。

“我要拿把剑和盾牌准备战斗。”汉斯说。

“不，”皮特说，“不管发生什么，你必须活下来！大公国的未来就看你的了。”

“什么？”

“没时间说了，”皮特一把抓起地图，把它们紧紧地卷起来，把每幅地图分别装进不同的箭筒里，“这里有首都的地图，还有郊区的、市集广场的和皇宫的。不管你们用什么办法，必须保证地图的安全。”

汉斯和安吉拉把地图牢牢地拴在大衣里。皮特扔给他们两个被其他隐士丢弃的酒桶盖，“把这个挡在头上，跟我来。”

他们跟在皮特身后跑到粮仓旁边，弓箭像雨点一样落在他们周围。进了粮仓，他们以冲刺的速度跑到一堆堆的酒桶和棺材旁边。

皮特举起一口大大的棺材扛在肩上，说：“这个适合你们俩。”

安吉拉往后跳了一步，“您要把我们埋了？”

“不，这是为了更快地把你们送到安全的地方，快到下面来。咱们要跑到岩架的右侧去。”

汉斯和安吉拉跟在皮特后面。当他们到达峭壁上时，一块巨大的石头被弩炮射出，飞过他们的头顶，消失在天空中。

皮特突然把棺材翻转过来，“快跳进来！”

“我不明白……”汉斯说，一支箭正好射进他右边的地上。

“快进去！”安吉拉叫道。他跳了进去，安吉拉立刻也跟着跳进去了。

“无论你们在哪儿，都不要害怕，因为我一直与你们同在。”皮特说，“我曾经失去过你一次，我永远也不要再次失去你了！”他猛地一把把棺材推到岩架边缘，棺材加速从陡坡滑下。

“棺材就是个雪橇！”安吉拉尖叫道，“咱们怎么掌控方向啊？”

“咱们控制不了方向。”汉斯尖叫着回答，他们横冲过两丛浆果灌木丛。在他们左边，士兵们站在山羊踩出的小径上，目瞪口呆地盯着他们嗖嗖地滑过。

汉斯和安吉拉回头看，看到第二颗大石头炮弹高高地飞在空中。它跌碰在岩架边沿，猛地颠跳了三下，然后顺着岩面滚了下去。大石块每跳一下，岩石和表面的冰层便被震得松散一些，石块和碎冰撞击着岩面之下的石头和积雪，石头和积雪被砸出了裂缝，开始破裂。

陡坡颤抖起来。重重的雪堆从山上被震下来，它们朝地面滚下去。雪崩来临，卷走了它面前的一切。

刚开始，汉斯和安吉拉被他们的棺材雪橇飞快的速度吓坏了。而现在，他们唯恐雪橇速度不够快。雪崩的规模越来越大，它的咆哮声吞噬了他们俩的叫喊声。在他们的左边，士兵们和弓箭手都被巨大的冰球和雪球卷走了。有一个冰球从他们身后的岩石上弹下来，从他们脑袋顶上呼啸而过。

雪块和石块超过了他们，汉斯把自己的身体重量靠向棺材的右边。它的后端朝向左边，承受着安吉拉的重量。棺材侧向一边向右倾斜，横着飞向远离大山的方向，飞出了雪崩的路线。

然而，他们并没有脱离危险。现在，他们迅猛地朝地面冲去，积雪已经不见了。他们在草地和石头上急速前进，差点儿把脖子震断。前方，就是一片峭壁。他们飞越了峭壁，垂直扎进山溪白色的激流中。棺材就像托钵僧跳旋转舞一样打起转来。

“抓紧！”汉斯叫道。

“我抓紧啦！”安吉拉叫着回答。

“我知道！我在对自己说！我是说紧紧抓住棺材沿。”

棺材船疾速向下冲去，远远地离开了大公的营地。山溪流进了大森林，可汉斯和安吉拉的棺材船在山溪的支流里搁浅了。

汉斯脱下靴子，跳进小溪，推着棺材蹚着溪水来到一片芦苇地中的空地上。

“咱们还活着。”安吉拉喘着粗气说。同时，汉斯把她抱到干土地上。

“是的，可父亲和其他人呢？”

“他们会没事儿的，汉斯。我敢肯定，你父亲是一位领袖。”

“我父亲……”汉斯流连于这个词，这个词如此强大有力，却又让人感到陌生。

“我知道你很担心，”安吉拉说，“我也是。但咱们要集中精力。阿尔努夫会追杀过来。咱们必须找到食物，制订计划。这是你父亲希望你做的。”

“我父亲。皮特，我父亲。”汉斯用手掌按着太阳穴。他脸上闪过一丝惊慌，“地图保存得怎么样？”

汉斯和安吉拉脱下他们湿透的大衣，把地图从箭筒里倒出来。这下放心了，皮外套保护地图没有被弄湿。安吉拉抚平了皇宫的地图。

汉斯摇了摇头，感到很困惑，“父亲怎么能画出这幅地图呢？”

“也许他是建筑师？或者他就是建造者之一？”安吉拉猜测说，“我只关心他画出了这幅地图。”她指着地牢的示意图，“我爸妈可能被关在这儿，在刑讯室和地下墓穴之间的走道里。”

“可你打算怎么进入皇宫呢？”

“等我到了那儿，我再想办法进去。”

“等***咱们***到了那儿，”汉斯说，“我要和你一起去。”

“不！你父亲要你活下去，我也希望你活下来。在皇宫里，你活下来的机会不多。”

“不管在哪儿，活下来的机会都不多。”汉斯说，“无论咱们做什么，两个人在一起才更安全。咱们到死都是朋友。”

他们身后传来一阵可怕的吼叫声。汉斯和安吉拉回过身，一只饥饿的大熊正盯着他们的脸。

第四幕

跳舞熊马戏团

潘多里尼一家

“熊会游泳吗?”汉斯小声问。

“我不知道,”安吉拉说,“我在书里读到的那些熊会说话,还能看家。我觉得这只熊跟那些不一样。”

那只熊用后腿站立,大吼起来。

“去棺材那儿,”汉斯说,“把它推到水里,水能把咱们冲走。”

他们立刻转身跑向棺材,已经没用了,另外一只熊正坐在棺材里呢。安吉拉立刻向右边的芦苇丛冲去,一头撞上第三头熊。三只熊都龇着牙。

灌木丛后传来号角的嘟嘟声,一个女人踱着步子走了出来。她看上去像棵蜀葵,非常高,立在一双绿色的木屐上。她的胸部和臀部挤满绿色和红色的褶皱花边,浓密的橘红色头发呈爆炸状。她鼓着掌说："淘气的孩子[①]！"

那些熊看起来非常尴尬。

一个身材滚圆、留着八字胡的男人走到女人身边，他身后跟着一群让人眼花缭乱的小孩子。他披着一件黑白相间的披肩，下身穿一条紫红色裤子，身着一件黄色的双排扣长大衣，头戴一顶红帽子。他还穿着一双恨天高的鞋，摇摇晃晃地高耸向天，看起来就像踩在高跷上的气球。那十二个孩子都像是双胞胎或者三胞胎，他们穿着五颜六色的碎布衣服，做着一连串空翻、前后滚翻和侧手翻。他们一层叠上一层，逐渐搭起一座"活人金字塔"。

"你们好！[②]"那个男人说话声音低沉而有底气，他夸张地鞠了一躬，"我是潘多里尼先生。请允许我介绍我的太太潘多里尼夫人，我们的孩子——玛利亚、朱塞佩和其他的潘多里尼们。最后，但也是非常重要的，著名的潘多里尼跳舞熊马戏团成员——布鲁诺、巴尔萨泽和比安卡。"

那几只熊开始下水抓鱼，它们用爪子把鳟鱼、虹鳟鱼和白鲑扔上岸，潘多里尼家的孩子们在河岸上立刻把鱼开膛破肚。

"你们和我们一起吃饭吧？"潘多里尼询问道，边说边用食指轻轻整理浓密的眉毛。

"十分抱歉，我们急着走。"安吉拉说。

---

① 原文是意大利语。——译者注

② 原文是意大利语。——译者注

汉斯咳嗽了几声，“我们十分乐意，先生。”他纠正她的话，“吃顿饭对咱们有好处。”

“太好啦！①”潘多里尼欢呼道，“趁着我的爱人为咱们准备盛宴，请赏光让我带你们参观我们的马戏团。”

汉斯和安吉拉把他们的地图收好，跟着潘多里尼穿过灌木丛。

“这些人是疯子吗？”安吉拉对汉斯小声说。

“可能，不过他们有食物。”

“谁在乎这个，阿尔努夫正追咱们呢。”

“他需要时间先从雪崩里把人重新组织起来，这是第一。第二，咱们必须吃点东西，咱们可不能只靠做梦填饱肚子。”

潘多里尼的家就停放在灌木丛后边的土路上。他们的家是一个带轮子的笼子，笼子被刷上了明亮的颜色，笼子外有铁栅栏，还有一个木轭。

“笼子上的锁没用，”潘多里尼说，“熊要出来的时候就自己出来。”

“没有马，您怎么拉车呀？”汉斯问。

潘多里尼挑着眉毛，“都有熊了，谁还要马？”

安吉拉从铁栅栏的空隙往里看，“您还有别的表演吗？”

潘多里尼差点儿摔倒，“狗身上有跳蚤吗？”他跳进笼子，扫开一层稻草。稻草下面的马车底板上有一个门，门下面有一

---

① 原文是意大利语。——译者注

小块狭窄的空间，他从里面翻出很多道具和服装，“我们潘多里尼家的人可以喷火、吞剑、表演杂技和魔术。不久之前，我们才用木偶演了喜剧[①]呢。”

“木偶！”安吉拉惊呼道。

这个表演夸张的大师钻进狭窄的暗室里，他紫红色的屁股在微风中摇摆。他拿着一个篮子出来了，篮子里满是纠缠在一起的线绳和木偶肢体，“看看！”

安吉拉的脸沉下来，“它们怎么了？”

潘多里尼用手腕拍着前额，悲叹一声，“我的小孩儿[②]用它们打架。我求他们住手，可他们听吗？”

“不！他们从来不听！”潘多里尼太太粗声粗气地说。她从灌木丛中闯进来，双手在空中挥舞，手上的镯子叮当作响。

“从来不听！”汗珠从潘多里尼先生的八字胡的末梢滴了下来，“上周，我只眨了眨眼睛，他们就把阿尔勒奇诺扔给熊了。”

“因为你眨了眼睛，阿尔勒奇诺，他想念他的耳朵！”潘多里尼太太把手从铁栅栏空隙伸进笼子里，用小铲子打了潘多里尼的鼻子。“白痴！[③]”她转向汉斯和安吉拉，“现在，咱们吃饭去。”

---

① 原文是意大利语。——译者注

② 原文是意大利语。——译者注

③ 原文是意大利语。——译者注

安吉拉抱着那篮子线绳和木偶肢体走向营火，“说不定我能把它们解开。”

潘多里尼太太亲亲她的脸颊，“你最好带我们去你们的村子，把我们介绍给你们镇长。我们就能在你们镇子的广场上表演了。”

“或者在仓院里表演。”潘多里尼补充说，“我们只需要食物、住处和几枚硬币而已。”

“很不幸，我们不是从这附近来的，”汉斯撒了个小谎，“我们是一对可怜的兄妹，要去探望一位远房姨妈。”

潘多里尼指了指芦苇丛，说：“带着棺材去？”

“是的，”安吉拉接着说，“她死了。”

“她们村里没有做棺材的？”

汉斯看了一眼安吉拉，说：“他们也死了，可怕。”

潘多里尼太太竖起眉毛，“你们的爸妈呢？他们不参加你们姨妈的葬礼吗？”

“天哪，不，”安吉拉临时拼凑出一个借口，“他们受不了她。没人受得了她，包括我们。其实，村子里的人正准备庆祝一下呢。”

潘多里尼突然大笑起来，“简直太妙了。[①]永远都别在意真相。”他使了个愉快的眼色，“我猜到你们的秘密了，你们在逃跑。我们也一直在跑路，马戏团、马戏团的生活。”

---

① 原文是意大利语。——译者注

潘多里尼示意他们到小火堆边上来，他们围着火堆和这家人一起尽情地吃面包和鱼。吃完饭，小点儿的孩子就跑到一边和熊玩去了。大一点儿的孩子——朱塞佩和玛利亚留下来待了一会儿，但因为汉斯和安吉拉不会说意大利语，他们很快就觉得无聊，也走开了。

潘多里尼先生和潘多里尼太太给汉斯和安吉拉讲路上发生的故事，逗他们开心。

“在安纳托利亚，比安卡在钢丝上给苏丹表演竖趾旋转。”潘多里尼兴致勃勃地讲着，用牙撕下一块鱼肚子上的肉，把鱼头扔进旁边的罐子里，他妻子正用那个罐子煮内脏汤。

“在波希米亚，”潘多里尼太太边搅动热汤边说，“孩子们表演斧头杂耍的时候，皇帝都晕倒了。”

“是边表演杂耍边用脚趾挂在高空秋千上摇摆。”潘多里尼补充说。

安吉拉的手指飞快地舞动着，跟潘多里尼夫妇的舌头一样快。当这位表演大师说到他把哈布斯堡王朝的一个王子变成鹦鹉的时候，她已经把木偶们都解开了，斯卡皮诺娃娃已经在大石头上跳舞了。

潘多里尼兴奋地双手拍着脸颊，“你救了它们！谢谢。[1]”

“我一直都梦想在欧洲伟大国家的宫廷里表演。”安吉拉用牵线木偶的声音说。

① 原文是意大利语。——译者注

潘多里尼先生把帽子扔到空中，“太棒了！棒极了！”

两个孩子从河边跑过来，指指点点，说个没完。潘多里尼一家人跳了起来。潘多里尼太太把手放在喉咙处，“我的妈呀！①”

“怎么了？”汉斯问。

“士兵。”潘多里尼说，“他们正在河岸边搜索。”

汉斯和安吉拉转身就跑。

“待在原地别动！”潘多里尼边挥动披肩边大声说。

“可他们要抓的就是我们。”汉斯说。

“永远都别怕。我们带你们藏起来，那地方连狐狸都不敢去。”

“不，”安吉拉反对说，“我们不会让你们一家冒险的。”

“什么样的人家会丢下孩子不管呀。”潘多里尼太太说。

就在一转眼间，他们神秘地把汉斯和安吉拉送进马戏团马车车板下的小暗室里。潘多里尼在他们上面又塞了些演出服装，还用稻草盖住了门，他的妻子和孩子们把熊送进笼子里。

十二个士兵从灌木丛中蹿了出来，潘多里尼刚好把坏掉的挂锁挂回门上。士兵们用火枪对着潘多里尼一家人的头。

“你们好！②”这位表演大师灿烂地笑起来，“我是潘多里尼先生。请允许我介绍我的妻子，潘多里尼太太。我们的孩子，玛利亚、朱塞佩以及其他的潘多里尼！最后，但很重要的，还有我们的跳舞熊马戏团。”

---

① 原文是意大利语。——译者注

② 原文是意大利语。——译者注

队长用怀疑的眼神看着潘多里尼，“我们在找两个流浪儿。”

“流浪儿！[1]”潘多里尼太太把她的孩子们搂紧。

“我们最后看到他们的时候，他们坐在一口棺材里从山上逃了下来，”队长说，“就像你们营地旁边芦苇丛里的那口棺材。”

“我们到这儿的时候，那口棺材已经在那儿了，”潘多里尼说，“或许他们掉进水里淹死了？”

“或者他们就藏在你们中间，”队长回答说，“给我看看你们的小孩儿。如果我发现任何一个男孩儿肩膀上有老鹰形状的胎记，或者任何一个女孩儿挂着金锁，他们立刻就得死，你们其他人也要跟着死。”

士兵们检查潘多里尼家的孩子们。他们的头发像乌鸦一样黑，皮肤像橄榄油一样明亮透彻。队长瞥了一眼笼子里的熊，“它们真的能跳舞？”

“这还用问吗？”潘多里尼打了个响指，“布鲁诺！巴尔萨泽！比安卡！”三只熊立起后腿，跳起了无聊的小步舞。

“你们还有别的表演吗？”

“我们会杂耍、翻跟斗，还有吞剑。”潘多里尼骄傲地说，“我们还表演木偶剧呢！”

“嗯。大公喜欢木偶剧，”队长说，“几天之后，他就要回皇宫了，需要点儿娱乐。若能让大公高兴，你必然得赏。”

潘多里尼一家交换了一下眼神。

① 原文是意大利语。——译者注

“我们太荣幸啦，”潘多里尼说，“不过，也许下次吧。现在，我们正准备去波兰。”

士兵们把火枪上了膛。

“现在，”队长说，“你们要去皇宫。”

向皇宫进发

队长令三个士兵看守着马戏团前进，自己带着其他士兵去下游寻找汉斯和安吉拉了。士兵们给熊套上马具，把潘多里尼一家关进笼子，他们驾驶着马车绕出大森林，一直向西走，直至林木线变成直指向南的对角线，林木线所指的方向就是首都。

第一天晚上，趁士兵们搭帐篷的时候，玛利亚、朱塞佩和其他的孩子们在笼子栅栏边走来走去。在颠簸和阴影的掩护下，汉斯和安吉拉穿着五彩斑斓的演出服装从他们隐藏的空间里出来了；潘多里尼太太乌黑的算命师假发稳稳地戴在安吉拉的头上，遮住了她金色的卷发。

“看起来跟咱们一样。①”朱塞佩激动地说。

---

① 原文是意大利语。——译者注

“我们儿子说，你们看上去跟他还有其他孩子一样。”潘多里尼笑着说。

玛利亚对汉斯眨眨眼睛，“你很漂亮。[1]”

汉斯脸红了起来，“谢谢你，我想我理解对了。”

安吉拉瞪了玛利亚一眼——还用手肘捅了一下汉斯的肋骨。

“被你们的敌人困住了，对你们来说，这真是太糟糕了。”潘多里尼说。

“没关系，”安吉拉说，“我们正打算从大公的皇宫里救出我的父母。伪装成马戏团演员，还有什么办法比这个更好呢？”

“安吉拉说得对。”汉斯同意她的看法，“糟糕的是，我们给您一家带来了危险，真不应该让你们掩护我们的。”

潘多里尼太太轻轻摇了摇手，“嘘——谁知道以后会怎么样呢？尽你的全力，永远不要让帮助你的人失望。懦夫的生活根本不算生活。”

“而且，”潘多里尼说，“你们不会被发现的。人们只能看到自己想看的——想看到手巾变成鸽子，那么你就会看到；想看到阴影里的怪兽，阴影里一定会出现怪兽；只想看到一群孩子，那么也就只会看到一群孩子。”他眨眨眼说，“谁能想到，两个被悬赏捉拿的孩子会闯进熊的笼子被大公的士兵看管着呢？”

---

① 原文是意大利语。——译者注

*

第二天，马戏团的马车轰隆隆地向皇宫进发，行进过程中，潘多里尼家的孩子教会了他们的客人一些意大利语。很快，汉斯和安吉拉就学会说“请”和“谢谢”了，学会了五官的名称，还学会了六首民歌的歌词。士兵们根本没注意这些，他们太担心树林中的术士鬼怪了。

中午时分，潘多里尼一家正睡午觉，而汉斯和安吉拉在熟记他们的地图。为了保护他们不被士兵看到，他们俩被安排躺在稻草堆最里面的两个侧面。“弗雷德雷克大公纪念柱的柱基在地下墓穴里。”汉斯看着地图说。

安吉拉点点头说：“柱基肯定很大。要不早就在地面挖掘的时候崩塌了。”

汉斯一只手指顺着地下河流指向它的尽头，那里是地牢，又指了指皇宫上一层的红色标记。他数了数每一个走廊里的房间数量，“在你看来，为什么我父亲说大公国的未来取决于我？”

“隐士经常说些奇怪的话。”安吉拉耸耸肩，“至少书里是这么写的。”她很快纠正了自己的说法，“你父亲没什么奇怪的地方，皮特很伟大。而且，他很爱你，不像那个老盗墓贼。”

“不要对我另一个爸爸这么刻薄，”汉斯说，“他尽了全力把我养大。”

“把你养大了去盗墓。”

一个士兵敲了敲栅栏问：“怎么回事儿？”

安吉拉卷起地图。“上午好！[①]”她像鸟儿一样明快地说道。

汉斯挥了挥手，“请和谢谢。[②]”

士兵透过栅栏往里看，“什么意思？”

潘多里尼起身说道：“意思是我的孩子是白痴[③]！”

安吉拉应和他的话，开始滔滔不绝地背起她能记住的第一首民歌的歌词。

“鼻子、眼睛、嘴巴。[④]”汉斯点着头，一个一个地念着脸上五官的名称。

潘多里尼假装掴了一下汉斯的脑袋。

“再打一次！”士兵大笑起来。潘多里尼执行了他的命令，“马戏团的脏家伙！”士兵冷笑着回到他的同伴那里。

潘多里尼温柔地拍拍汉斯和安吉拉，“小鹦鹉，[⑤]”他微笑着说，“你们很快就能像威尼斯人一样婉转歌唱了。”

*

第二天和第三天一样，汉斯和安吉拉学习意大利语，记忆地图。但到了第三天傍晚，一切学习活动都停止了，他们已经

---

① 原文是意大利语。——译者注

② 原文是意大利语。——译者注

③ 原文是意大利语。——译者注

④ 原文是意大利语。——译者注

⑤ 原文是意大利语。——译者注

到达了首都边境。

透过雾气的缝隙，汉斯和安吉拉可以看到森林就在他们的左手边。而右手边，脏兮兮的道路编织成一张大网，这张大网围聚在一片陡峭多石的小山周围，道路上紧密地排列着带护墙板的房子。山顶上竖着一栋石头塔楼，号叫声透过塔楼上带护栏的小窗口不断回荡。

“那是哪儿?”潘多里尼问。

“精神病院。”一个士兵说。

一阵清风夹杂着坟墓里的恶臭味搅动着阴湿的空气。潘多里尼太太拿着一张塔罗牌给自己扇风。

“垃圾场，”另一个守卫说，他的鼻子都埋进了胳膊里，“那些疯子死了之后，医生们就将他们的尸体解剖，然后扔到粪场里。”

他们进了城。安吉拉记得可怕的、如迷宫一般的小路上这些黑乎乎的油灯，还有现在眼前所看到的巨大的市集广场和广场上宏伟的建筑。“大教堂，”她对汉斯小声说，“教堂和皇宫之间就是纪念柱，纪念柱上面还有弗雷德雷克大公、他妻子和他儿子的棺材呢。”

汉斯仰头观看饰有喷水怪兽的螺旋尖塔、角楼，还有皇宫的护墙，“跟父亲画的一模一样。”他低声说。安吉拉点点头。

车子停了下来，看守士兵让他们的“囚徒”排好队。皇宫大门洞开。大门里面，穿深色天鹅绒制服的仆人站在穹隆入口大厅内，使得大厅充满生气。“勺子脸”出现了，和看守士兵交谈了几句后，径直走向潘多里尼。“我是大管家，”他宣布的同时后脚跟轻轻磕了磕地，“陛下和最高大法官正在闭关。你们将于明晚为他们表演节目。”

“您好，晚上好！[①]”潘多里尼灿烂地笑着说。这种时候，最好表现得单纯、天真一些。

“勺子脸”命令把熊车停到院子里洗衣房的隔壁，安排这一行人等睡在洗衣盆边。安吉拉很害怕他认出自己，但是潘多里尼说得对，“勺子脸”以为自己只会看到一群穿得花里胡哨的淘气鬼，而他也就真的只看得到这些。

潘多里尼夫妇亲吻他们的孩子，把他们抱在怀里，“晚安。[②]”他们轻声对汉斯和安吉拉说。一分钟后，他们俩就开始了打鼾二重奏。

安吉拉轻轻推了推汉斯，“现在，机会来了。你还记得从洗衣房去地牢的路吗？”

“当然，地图上显示从这里的一个厅可以到达厨房和储物区。旁边就是环形坡道，顺着坡道下去就是那个地牢中心。”

“对的。”安吉拉说，“快走吧。”

---

① 原文是意大利语。——译者注

② 原文是意大利语。——译者注

秘密通道

汉斯和安吉拉悄悄爬出阴暗的洗衣房。他们紧紧贴着走廊的墙壁行进，溜进了厨房。

三口大缸、六架烤肉叉子、一个巨大的炉子还有一堆柴火顺着厨房的一面墙排列开来。一个橡木制的柜台和几个橱柜，中间被一个螺旋形的楼梯隔开，楼梯一直延伸到厨房的另一边。远处，一盏灯照亮了通向储物区的入口。一个上了年纪的厨娘坐在明灯旁边的凳子上，摇摇晃晃，脸朝向一个溢满的水槽，正在削土豆皮。

“咱们怎么绕过她呀？”安吉拉小声问。

汉斯朝螺旋形的楼梯扬扬头说：“咱们可以上楼到宴会厅，横穿到另一头，从另外一边走楼梯下去。”

“好主意。”

他们一声不响地沿着墙边穿过厨房。就在他们走到楼梯口时，厨娘突然打了个喷嚏。她转身过来，揉了揉眼睛。

汉斯和安吉拉跑上了楼梯，经过第一个环形转弯，灯光暗了下去；经过第二个环形转弯，灯光完全消失了。他们摸索着靠外的墙面，慢慢走到楼梯的一个平台上。有一条短短的通道通向一面挂着天鹅绒帘幕的墙，光亮从帘幕拉合的缝隙里透了出来。

“就是这儿了，”安吉拉小声说，“宴会厅就在后面。”

汉斯和安吉拉透过帘幕缝隙往里看，一个表情严肃的女人正在摆放椅子。“她就是给我倒洗澡水的女仆。”安吉拉倒吸一口凉气，“我敢肯定就是她倒牛奶淹死乔治亚娜的。”

汉斯皱了皱眉头，“她在这儿，咱们就得再往上走一层，再穿过去。”

女仆看向帘幕，“谁在那儿？”她朝他们快步走来，“我问谁在那儿？”

汉斯和安吉拉跑回旋转楼梯，爬到黑暗处，女仆还在后面跟着。爬过八个环形转弯以后，他们突然进入一个由火把照亮的走廊。他们向左转，跑过一连串的大门，门两边都摆放着盔甲。女仆进了大厅，他们急匆匆地躲进装饰用的锁子甲衣服和绑腿中。

一阵怪异的沉默，能清楚地听到女仆吃力的呼吸声。“是你，对不对，乔治亚娜？你回来了。”她终于开口说话了。她的声音里充满恐惧和悔恨，“或者是你，伊莎贝拉？或者是你，克拉拉？或者，我听到的是你们所有人，在这些大厅里走来走去，出没在楼梯和护墙周边。别来找我，求求你们！不是我做的。”渐渐地，她的啜泣声消失在楼梯下面。

安吉拉浑身发抖，“汉斯，我来过这个走廊。我第一次来皇宫的时候，阿尔努夫就把我关在这儿。可旋转楼梯让我转了向，我不知道咱们现在面对的是哪条路。咱们可能正穿过宴会厅或者朝着完全相反的方向前进。”

汉斯顿了顿，“女仆下楼去了，咱们不能再回去了，也不能待在这儿。任何一个从转角走过来的人都能看到咱们，”他润了润嘴唇，“地图显示这儿的房间后面有一条密道。但咱们怎么才能找到呢？”

安吉拉想起那晚大公夫人的到访。“油画！入口就藏在油画的后面！”她打开一扇门，门后的房间一片漆黑，“拿支火把。”

汉斯从走廊墙壁上拿了支火把，跟着安吉拉走进了房间。一面墙上的画里画的是恶魔吞噬迷失的灵魂。安吉拉用手在画框后搜索。她摸到一个钩子，摁了下去，毫无反应。又一阵乱摸后，她摸到了另一个钩子。她同时摁下两个钩子。油画打开了。

安吉拉透过位于恶魔眼睛位置的洞望了出去，“阿尔努夫就是这样监视他的客人的。”

汉斯根本没听她讲话，他正顺着走廊往回走。

“你干什么？”

“把火把送回去。如果火把不见了，会引起别人的注意。

而且，火光透过监视孔被对面看到，会暴露我们的。”

“那咱们怎么避免迷路呢？”安吉拉慌张地问。

“咱们数自己的脚步。如果幸运的话，咱们可以找到通向储物区的楼梯。如果找不到，咱们再数同样的步数走回来。”

过了一会儿，他回来了，关上了门。安吉拉在黑暗中找到他的手，把他拉进秘密通道，然后合上了油画。他们一点点往前进，手举得高高的，免得头被房梁撞到。

两百步之后，道路分了岔。他们向左拐，走了几步之后，汉斯的脚指头碰到了什么，“咱们走到了楼梯处，”他说，“可这楼梯是向上的，不是向下的。”

在他们的前方，两束亮光刺透黑暗——监视孔。甜腻腻的让人恶心的樟脑味道、曼德拉草的味道以及腐烂的肉体的味道透过监视孔飘了过来。汉斯和安吉拉听到监视孔另一边传来一个熟悉的声音。

“大法官，”阿尔努夫说，“我需要听取死亡之境的意见。”

三个预言

汉斯和安吉拉悄悄爬到监视孔边，心怦怦直跳。

房顶上吊着五个倒挂的骷髅头，焚烧的香雾从骷髅头里汹涌四溢。壁龛里放满了动物内脏，内脏中央摆着一块祭祀用的石头。

阿尔努夫大公披着一件带兜帽的长袍，跪在一个用蜡烛摆出的六边形里。法师站在他身后，轻抚着一颗山羊头。他的眼窝里装着一对皇宫里的玻璃球门把手。门把手在烛光的照耀下闪闪发光——两颗亮球闪烁出疯狂的意念。

汉斯和安吉拉惊恐地看着这一切。

“您要从死亡之境得到什么讯息？”法师问话的语调犹如歌唱。

阿尔努夫太阳穴上的静脉跳动起来，问：“我能不能干掉那个男孩儿和那个女孩儿？”

“是的，当然。”

“可他们又逃跑了。”

“逃不了多久的。”法师用鼻子蹭着山羊头，“隐士所已经被摧毁了，他们没有地方藏身了。很快，大森林将被仔细地清理，就像加冕时戴的假发一样——他们必将是我们的。”

“那个女孩儿的父母将要付出代价，”阿尔努夫喃喃说道，“我曾以为当我递给他们一个餐盘，里面盛着烤熟的心脏和他们的女儿的珠宝时，他们一定会被摧垮。然而，他们没有被摧垮，反而嘲笑我说：‘如果我们的安吉拉真的死了，你会给我们看她的头。’”

“他们会随着时间的推移而被摧垮的，陛下，没人忍受得了疯人院。”

安吉拉抓紧汉斯的手。她的父母竟然不在皇宫，他们被关在城边上那座可怕的石塔里，和疯子们关在一起。

“还有那个男孩儿，”阿尔努夫说，“盗墓贼的小徒弟。他应该和他父亲一起死掉。”

“可阁下，盗墓贼在地牢里，还活着呢。”

汉斯竖起了耳朵。

“不，我说的不是盗墓贼，”阿尔努夫大叫道，“我说的是他的亲生父亲——我哥哥，弗雷德雷克大公。”

汉斯差点儿喘不过气来。***我父亲——隐士皮特——是弗雷德雷克大公？***

法师用一只羊角挠了挠下巴，“世人都认为弗雷德雷克和他的儿子被海盗害死了。”

“一个动人的传说而已，”阿尔努夫说，“我敢肯定你在我的梦境中游走，已经知道事情的真相了。”

“的确是的。”法师骗他说。

阿尔努夫跪在地上摇晃起来，他已经神志不清了。“我买通了船长和大副，让他们在海上杀掉弗雷德雷克和他的婴儿。一切按计划进行，船返回来了，他们报告说船被海盗袭击，伤亡惨重。我将船长他们就地处决，真相就永远长眠地下了。”

“那您还怕什么？”法师平和地问。

“那个男孩儿——他是王位的继承人。”

“为什么呢？即使他知道了过去的事情，可谁会相信一个盗墓贼的小徒弟呢？过去是埋葬秘密的坟墓，而真相掩埋于传说之中。”

“可我还是睡不着，”阿尔努夫把头往地板上撞，“我需要亡灵的指导，我有必要怕那个男孩儿吗？”

法师怀抱山羊头，轻快地在房间内绕圈，嘴里絮絮叨叨念着咒语，他眼窝里的门把手闪烁着锐利的光。他在阿尔努夫面前停了下来，在大公的舌头上放了一点点从森林里带出来的真菌。

阿尔努夫的头脑被幻象所占据，他在蜡烛之间打滚儿：“我看到好多好多敌人！一大群老鼠从我的皇冠里跑出来！”

“鼓起勇气。”法师从一个壁龛里拿出动物内脏，把它们扔在地上。他的手指在动物内脏上轻轻滑过，“听听亡灵的预言：

您将稳坐王位，直至大森林向首都行进！”

“森林行进？”阿尔努夫兴奋地抽搐起来，“不可能！我看到敌人在我面前发抖。”

法师再次扔下一些动物内脏，他感觉扔的是肝和脾。“第二次，亡灵的预言：您将稳坐王位，直至一只苍鹰从岩石上飞起。”

“一只苍鹰从岩石上飞起？还是不可能。我的敌人逃跑了。”

法师闻了闻动物内脏，“第三次，也是最后一次亡灵的预言：您将稳坐王位，直到您被切断的双手越过尸骨的海洋。”

阿尔努夫带着胜利的喜悦号叫起来：“这是最好的预言！”他拍了拍脖子上挂的金圣骨匣，“我被切断的手永远也动不起来了。我从没见过尸骨的海洋，也永远不会在里面航行。”

法师微微一笑，“祝您好梦，阁下。明天，传令员们就会把这些预言散播到全国各地。没人敢挑战亡灵的话。”

阿尔努夫捋了捋前额上油腻腻的头发。“谢谢你，睿智的最高大法官。你不久将得到大笔财富。”他大步离开房间。

法师把动物内脏和山羊头放在祭祀的石头上，也跟了出去。汉斯和安吉拉在黑暗中紧紧抓着对方的手。

“弗雷德雷克大公是你父亲，”安吉拉惊奇地低语，“汉斯，你是王子——王位的继承人，怪不得大公国的未来掌握在你手里。”

“别想我的事儿了，”汉斯说，“你的父母怎么办？”

“他们到底该怎么办呢？”一个声音飘来，如寒冬里的树叶一样死气沉沉。

汉斯和安吉拉转向监视孔。两只闪闪发光的门把手从监视孔的另一边盯着他们。

“焚香的味道盖住了你们的气味，让我一时没分辨出，”法师轻声说，“你们想念我的味道吗？”

汉斯和安吉拉尖叫起来。他们顺着楼梯一直往下跑，跌跌撞撞地转弯，法师的笑声在他们身后回响。“你们永远也逃不出皇宫的围墙，我可爱的小家伙们，你们被困住了！”

汉斯和安吉拉猛冲回他们进入密道的那个房间。几秒钟之后他们就出了房门，快速跑到旋转楼梯那里。迅速往下跑——经过宴会厅的时候屏住呼吸——继续往下，往下，往下，到达厨房——他们在厨房和女仆撞了个正着。

女仆一手抓住一个，“你们这些淘气包在干什么？”

“我们在找尿壶。”安吉拉含混不清地说。

“编得挺像样啊，”女仆鄙夷地说，“你们这些马戏团的贼想在皇宫里偷东西，我要叫卫兵来！”

“不要，求求您，”汉斯说，“我们听到有个女孩儿在哭。我们就跟着哭声上楼了。”

女仆的眼睛瞪得大大的，像张馅饼一样大，“一个女孩儿？你们看到她了？”

“是呀，”安吉拉也配合着说，“她满身都是虫子，身上还滴着牛奶，她叫乔治亚娜。”

女仆往后一倒靠在柴火堆上。“***啊！***你们没看见我！我也没看见你们。今晚的事儿没有发生过！拜托！”她飞一般地跑出厨房，跑进储藏区，藏进了一桶板栗之中。

汉斯和安吉拉快速跑回洗衣房，喊醒了潘多里尼夫妇，告诉他们刚刚发生的事情。

“法师随时都可能出现在这儿，”汉斯说，“他能分辨我们的气味，我们完了！”

“我们从来都没有完过，我们可是潘多里尼一家。”伟大的演员宣称。

潘多里尼太太把手伸进食物袋子，拿出了十几头蒜。“在你们的皮肤上揉擦蒜瓣儿，然后把剩下的吃掉。就让那恶魔靠闻气味来找你们吧！”

*

汉斯和安吉拉一晚上都没睡着，但法师并没有来。这仅仅意味着一件事，他等待着发起攻击的那一刻。可那是什么时候呢？

潘多里尼变幻术

天亮后不久，城里的传令员就开始各处宣扬法师的预言。一阵阵流言在市集广场翻腾流转：阿尔努夫大公注定永远掌握统治权；抵抗是无效的。

皇宫之内，士兵们押着汉斯、安吉拉和潘多里尼一家人去宴会厅彩排节目。在大公的红木桌子对面，已经搭起了一个舞台，舞台下有十二个支架作支撑。熊笼子已经通过舞台后方的环形坡道运上来了，在舞台旁边待命。

马戏团的成员们开始热身。潘多里尼练习一系列哼唱、卷舌音和变鬼脸；他的妻子用纸牌、围巾和可折叠的道具装配他的魔术外衣；玛利亚、朱塞佩以及其他孩子在做伸展训练；汉斯和安吉拉拿出木偶；布鲁诺、巴尔萨泽和比安卡互相清洁耳朵。

远处突然传来小号齐奏的声音，阿尔努夫和法师乘坐着金色的轿子被抬了进来。马戏团所有人跪拜在地上。阿尔努夫拍了拍他的铁手，支架上的木板都被震动了："平身。"

潘多里尼先生深深地鞠了一躬，"您好，早上好！[①]"他带着明媚的笑容说，"我是潘多里尼先生，请允许我介绍——"

"不，"阿尔努夫硬生生地打断他，"除非你要向我介绍你们戏班子里的两个新成员——一个盗墓贼的小徒弟和一个小女伯爵。"

汉斯、安吉拉和潘多里尼一家人你看看我，我看看你，闪电一般冲向大门。卫兵突然出现，拔出了剑。这群人又跳了回来。

"你们是逃不掉的！"阿尔努夫平静地说，"环绕这个房间的幕帘外面有双重兵力，整个守备部队分别守卫在皇宫的前、后门。你们如果想从窗户或者塔楼跳下去的话，可得知道，窗户上装有护栏，而最低的塔楼也有一百多码高，塔楼外面就是坚硬的鹅卵石地面。"

汉斯走上前去，"我就是你要抓的人，这些善良的人根本不知道我的过去。不管你要拿我怎么样，放了他们。"

"也放了你的小朋友吗？"法师狡诈地说。

"不，"安吉拉走上前，站在汉斯身边说，"随你们怎么处置我，放了我的爸妈。"

"这一大早上发表慷慨激昂的演说未免早了点儿，"阿尔努

① 原文是意大利语。——译者注

夫回答说，“可现在下命令又太晚了。”

潘多里尼先生和潘多里尼太太跪在大公面前，不停地说：“我们的孩子，放了我们的孩子……”

“他们都这么说。”阿尔努夫打了个哈欠，他轻轻摸着脖子上挂的圣骨匣链，“打起点精神。我本来想早饭前把你们都杀了，不过，我挺爱看马戏，我会让你们都活到演出结束那一刻。多贴切呀——戏剧的最后一幕也是你们生命的落幕。”

潘多里尼跳着站起来：“噢，万能之主中的万能之主啊，如果我们就要死去，请允许我们在最后表演潘多里尼变幻术！”

“什么？请问，是潘多里尼变幻术？”

“世界上最伟大的马戏表演！”潘多里尼大声说，“然而……”他犹如戏剧表演一般停顿了一下，“我很遗憾，我们不能完成了。”

“你竟敢违抗我？”

“啊，陛下，变幻术需要搭建布景，我们没有工具和材料。”

“你都需要什么？”

“二十四块木板、一捆粗棉布、一把锤子、一把锯和钉子。”

阿尔努夫大笑道：“小意思。”

“求求您，陛下，不要答应他！”潘多里尼太太请求说，“请让我们平静地死去吧，别让我们经历恐怖的变幻术。”

阿尔努夫竖起一条眉毛。“我喜欢恐怖。”他转身对士兵说，“把工具都拿来。”他打了个响指。响指的声音在大厅穹顶回响。仆人们迅速出现在轿子两边，把大公和法师抬出大厅。

潘多里尼对汉斯和安吉拉眨了眨眼，“还记得我们说过，有一次我们把哈布斯堡王朝的一个王子变成了鹦鹉吗？那就是玩的变幻术。今晚，会有更精彩的。看我的手势行动，咱们整个马戏团都将消失不见！”

马戏之夜

整个白天，大家都在宴会厅里喧喧嚷嚷的。孩子们忙碌着把布悬挂在舞台下方周围，在舞台后方和侧面挂上马戏团的横幅，又用彩旗装点了旁边的熊笼子；汉斯和朱塞佩在屏风后面敲钉子、锯木头；安吉拉和玛利亚制作演出服装和木偶。每次士兵进来巡查，潘多里尼夫妇都号哭祈祷，比歌剧还要夸张，并邀请士兵们和比安卡一起跳舞。

终于，宴会时间到了。马戏团所有成员簇拥在舞台支架底部的一排油灯下，而阿尔努夫和法师在火把的光亮下，坐在对面的红木桌边大快朵颐。在舞台和红木桌子之间是一排排矮凳，士兵们坐在矮凳上，一派萎靡。

阿尔努夫站起来，大厅里安静下来。“全国都已经知道，昨晚，亡灵做出三个预言保佑我——我将永远统治公国，直至大森林向首都行进，直至苍鹰从岩石上飞起，直至这双断手越过尸骨的海洋！”他把圣骨匣举过头顶，如同胜利者一样摇晃它。

“瓦尔德兰德大公阿尔努夫万岁！”他的士兵们欢呼道。

“为了庆祝，我给你们请来了潘多里尼马戏团！”阿尔努夫欢呼雀跃，“开始吧，江湖骗子们！”

马戏团成员就位。舞台前方的油灯遮板被完全打开。潘多里尼先生踩着舞台的木地板走上来，他的下巴涂成了红色，眼皮涂成了深蓝色，直挺挺的八字胡上打了蜡。

“晚上好！[①]我是潘多里尼先生，这是潘多里尼跳舞熊马戏团。”（舞台两侧的潘多里尼成员发出夸张的“嚯嚯”叫声）“今晚，你们将看到抛接球和杂技。”（后台的潘多里尼成员发出夸张的“啊啊”声）“跳舞熊表演。”（布鲁诺、巴尔萨泽和比安卡发出夸张的“呃呃”声）“最后一项，也是最重要的一项——神奇的潘多里尼变幻术，你们必将感到震撼！”（士兵们发出吵吵嚷嚷的“好啊”的呼声）

“首先——杂技[②]！有请玛利亚、朱塞佩和孩子们！”孩子们翻着跟斗上了舞台。他们表演抛接火把和手鼓、侧手翻和后空翻，还像椒盐卷饼一样扭曲自己的身体。这组表演到高潮时，孩子们一个踩着一个的肩膀，叠成三根柱子；三根柱子顶上的小孩翻着跟斗互换位置。士兵们使劲喝彩，嗓子都喊哑了。

---

① 原文是意大利语。——译者注

② 原文是意大利语。——译者注

潘多里尼挥动着他的披肩，“现在，朋友们[①]，跳舞熊！”孩子们蹦蹦跳跳地下了舞台，布鲁诺、巴尔萨泽和比安卡从昏睡中站起来。它们后腿直立，表演了一系列孔雀舞、竖趾旋转舞和方块舞，同时，潘多里尼太太戴着一顶鸵鸟毛和玻璃珠做的帽子，用小提琴伴奏。

接着，潘多里尼吞下一把方剑，然后是一把轻剑；潘多里尼太太让一根绳子从桶里悬空直立起来，接着……

阿尔努夫大公拍了拍他的铁手。“够了，我们要看变幻术。”

“请大发慈悲吧，”潘多里尼求他说，“这是我们死前最后一次演出了。再来一个扑克牌魔术吧？”

大公的铁手拍在桌上，餐具都嘎嘎作响。“不！”

潘多里尼向舞台前面的家人示意，汉斯和安吉拉把马戏团可以拆卸的木偶剧场搬到台上，放到他们身后。

潘多里尼的眼睛睁得大大的，“很多很多次，我都叫我的孩子们榆木脑袋。今晚，借助潘多里尼变幻术，我将要把他们变成木头块儿。木偶上。”

汉斯和安吉拉在木偶剧场的两边各摆上一个遮板关闭的灯笼；潘多里尼太太和她的一群孩子在木偶剧场以及潘多里尼先生之间放了一堵粗布，这堵粗布起到屏障的作用。

“玛利亚、朱塞佩！”潘多里尼叫道。潘多里尼太太和汉斯打开舞台后方的灯笼遮板。当光亮充满那片空间时，粗布屏

① 原文是意大利语。——译者注

障好像消失了，玛利亚和朱塞佩出现了，他们俩穿着带蓝色缎带的红色上衣。

“您好，爸爸。”他们俩齐声说道。

潘多里尼挥舞着一根魔杖，“变成木头，你们就是木头！”灯笼灭了，屏风又变得昏暗了。他又挥舞了一下魔杖，灯光再次亮了起来，屏风又变得透明。然而，玛利亚和朱塞佩不见了，取而代之的是两个木偶，木偶穿着饰有蓝色缎带的红色上衣，在木偶剧场里跳起舞来。

安吉拉操纵着木偶线，模仿着他们可怜的声音。“爸爸！”木偶玛利亚哭着喊，“爸爸！”木偶朱塞佩哭着喊。观众们拍着大腿大笑起来。

“现在，其他的小流氓们，现身！”潘多里尼叫道。其他的孩子们跑上舞台，站在透明的屏风后面。

“消失！”潘多里尼边喊边挥舞着魔杖。

光照越来越暗，孩子们消失了。魔杖挥舞一阵，灯又亮了起来。孩子们被一排木偶所替代，随着安吉拉轻拉栅格里的那些拉杆，木偶们蹦蹦跳跳，还不停地发出阵阵尖叫声。这次，大厅里响起了更加震撼的笑声和掌声。

“请最新加入我们马戏团的成员上场。”潘多里尼命令道。

安吉拉从木偶剧场后面走了出来，她一身侠客装扮。她走到汉斯身边，他们俩站在舞台中央纱幕的后面。

“你们俩还不如木头疙瘩，你们应该变成柴火，为大公燃起火堆。”潘多里尼大声说，他急匆匆地走向汉斯扔下的灯笼。

“消失吧！”他和潘多里尼太太把灯笼熄灭。立刻，屏风变暗了。

士兵们紧紧盯着那片粗布屏风，一阵停顿变作一阵沉寂。

“为什么还不变？”阿尔努夫冲着潘多里尼喊，“快给我们展示他们的木偶替身。”

“稍等！[①]”潘多里尼在屏风后面回答。

更久的沉寂。士兵们开始发牢骚了。

“快点儿把戏法变完！”阿尔努夫警告说。

“稍等，稍等。[②]”

抱怨声越来越大。大公站了起来，“潘多里尼先生！”

“在。稍等。[③]”那声音听起来很遥远，很模糊。

阿尔努夫的瞳孔急剧收缩。“卫兵！”

士兵们冲上舞台，扯开粗布屏风。

让阿尔努夫恐惧的是——整个马戏团都消失了。

“发生了什么？”他吼道。

士兵们砸烂了木偶剧场。他们撕下条幅，掀开围着大厅的帘布。除了大公的部队贴着墙站立着，楼梯上也站满士兵以外，再没有其他人了。

“他们去哪儿了？”阿尔努夫尖叫道。

法师擦拭着他的门把手。“他们没飞上天，也没出皇宫。

---

① 原文是意大利语。——译者注

② 原文是意大利语。——译者注

③ 原文是意大利语。——译者注

这就意味着只有一种可能。”

“什么?”阿尔努夫尖声问。

“他们去了地下。”

“***地下?***”阿尔努夫被气炸了。他掀翻了餐桌，大步走上舞台，使劲扯下围在舞台支架上的帘布。在舞台下面，他看到潘多里尼太太正拼命把她丈夫的屁股挤进地板上的洞里。

“他们在舞台底下凿了一个出口!”他怒发冲冠，“他们进了一条秘密通道!他们像耗子一样横穿我的宫殿!”

一个士兵抓住潘多里尼太太的胳膊。另外两个士兵抓住了潘多里尼先生的双腿，试图把他从洞里拽出来。

“那些小孩儿还在洞里，阁下。”法师安慰他说，“皇宫的前门和后门都有守备部队，窗户有栏杆，跳塔楼就等于找死。何况，亡灵已经预言了，您将稳坐王位，直至大森林向首都行进，直至苍鹰从岩石上飞起，直至您的断手越过尸骨的海洋。”

“那倒是，我没什么可怕的。”阿尔努夫小声说，一颗油腻的汗珠顺着他的下巴滴下来。他转向他的一队士兵，“把这两个江湖骗子带进地牢。如果他们不交代那些小孩儿的去向，就把他们关进熊笼子，和那些野兽关在一起，不给熊喂食，它们饿极了就会吃掉自己的主人。”他又转身对着剩下的人说，“我和大法官要下到这耗子洞去，你们去把所有通道都堵住，找到他们就像复活节寻宝一样容易。”

逃跑的孩子

安吉拉跟着潘多里尼家的孩子沿着秘密通道跑，顺着楼梯上到第五层。她不再害怕黑暗。前一天晚上的经历教会她如何在黑暗中丈量距离，而另外那些孩子都能闭着眼睛玩抛接斧子。安吉拉在想汉斯，他正在独自执行一项危险的任务，她还想到勇敢的潘多里尼先生和潘多里尼太太。他们本来就计划用那个伟大演员的屁股来阻止阿尔努夫的追赶，为安吉拉赢得宝贵的时间。

安吉拉跌跌撞撞地从画廊的一幅画中爬了出来，这间房里挂满了大公妻子们的画像和挂毯：乔治亚娜在浴缸里；伊莎贝拉倚靠在护墙上；刚刚去世的大公夫人跌倒在地，她跌倒的方向朝向许多扇门，门上都有黄铜把手，那些把手就像大公的铁手一样。

“快！[①]”她对孩子们喊道。他们跟着她冲到画廊尽头的拱门前，上了旁边的楼梯，楼梯的顶端是一扇门。安吉拉拉开门闩，打开门。跟地图上显示的一样，他们来到了东边塔楼的顶上，从皇宫的入口方向根本看不到这里。

石头栏杆上环绕着怪兽状的滴水嘴。安吉拉趴在上面往外看，下面的鹅卵石地面看上去非常遥远，仿佛跟家一样遥远。

潘多里尼家的孩子们从袖子上扯下魔术围巾，把围巾头尾相接系在一起。十二个孩子一人有一条六英尺长的围巾，连在一起就是七十二英尺长的一条丝绸绳子，但是这比需要的还短很多。

朱塞佩看出安吉拉眼中的担忧，他眨了眨眼，把绳子的一头系在一只带翅膀的怪兽状的滴水嘴上，然后把剩下的绳子顺着塔楼放下去，他环抱双臂，顺着绳子滑到绳子底端。他紧紧抓住绳子的尾巴，他最大的弟弟又顺着滑下去，排在他的身后。他们的腿紧扣在一起，朱塞佩的弟弟现在吊在朱塞佩下面，头朝着鹅卵石地面。

剩下的孩子里个子最高的那个紧跟着滑下绳子，和朱塞佩的弟弟手臂相扣；又一个孩子下去了，和第三个孩子双腿相扣，形成了第四个环。就这样，依靠着自身的高度和力量，潘多里尼家的孩子手臂相扣、双腿相扣，每一环都使得这条链子更加接近地面。最后一环和地面已经非常接近了。

---

① 原文是意大利语。——译者注

该安吉拉了。没时间了，朱塞佩就快抓不住了——士兵们叫嚷的声音从画廊那边传来。

安吉拉跳上塔楼最顶端，顺着绳子滑下去，顺着六个兄弟还有几个姐妹爬下去。快接近地面了，她感到扣在一起的那些小胳膊小腿就要没劲儿了。她跳了下去，手在鹅卵石地上蹭破了皮。

没关系的。她跳着站起来，站在孩子们组成的链条下方。"快。[①]"她对着最小的潘多里尼喊道，那个孩子松开自己的腿，落进安吉拉的怀抱。第二个、第三个也相继跳了下来。安吉拉和他们三个人手拉着手接住了第四个和第五个。现在，五个潘多里尼成员已经落地了，他们背靠皇宫围墙，最强壮的站在最底下，其他人一个踩着一个的肩膀往上爬。

人梯一直向上升，比悬挂在最底下的那个孩子还高了。那个女孩儿松开她的腿，顺着自己兄弟姐妹搭成的人梯爬到地上。一个哥哥跟在她后面下来了。人梯重新排列，刚刚下来的更强壮的站在了最底下。另外三个挂在绳子上的孩子也相继滑了下来。

阿尔努夫和他的士兵们蜂拥赶到塔楼顶上来的时候，人梯已经快速地再一次排列组合了。朱塞佩的最后一个弟弟刚刚松开他的腿，摇晃着下到地面上，阿尔努夫拔出了他的剑。他斩断了绳子，而与此同时，朱塞佩也顺着自己的兄弟姐妹滑落到

---

① 原文是意大利语。——译者注

了地面。

阿尔努夫眼看着孩子们组成的人梯从楼顶消失在墙根。他恼羞成怒，一把抓碎了一个怪兽状的滴水嘴。大块大块的石头摔落在鹅卵石地面上，但阿尔努夫只听到孩子们大笑着消失在迷雾之中。

进入地牢

此时，汉斯可以感觉到摇晃，可以听到轰隆的响声，那是士兵们正通过环形坡道把熊笼子从宴会厅运到地牢去。当所有人的注意力都集中在变幻术上的时候，他从舞台侧边偷偷跑到熊笼子后面去了。在黑暗和彩旗的掩护之下，他弄开了道具锁，对三只熊施以亲昵的抚摩，然后慢慢钻进车板下面的狭窄密室里去了。

汉斯希望自己能跟安吉拉在一起，但他有自己的任务。潘多里尼先生和潘多里尼太太猜到阿尔努夫会把他们送到地牢去，汉斯主动请缨躲进车里，到时好营救他们。他还要救另外一个人，他的另外一个爸爸，克诺贝。

现在，车子在恶臭的地下嘎啦嘎啦地前进，汉斯坚定了自己的目标：他要从自己所忍受的糟糕经历中开创出此生的英雄事迹，他要救出他的朋友和爸爸。如果他能活下来，他还要拯救整个大公国，让他的父亲——隐士皮特，弗雷德雷克大公——

重新执政。

笼子停了下来。透过车子侧板上的一条裂缝，汉斯看到他们位于一个黑暗凹洞，洞里点着几支火把，火塘的火也燃烧着。火焰在石头墙壁上透射出光亮和阴影，墙壁上挂着令人毛骨悚然的器具。右边的拱门里飘来呻吟的声音，水滴滴进一个硕大的湖，滴水声在凹洞最深处回响。

汉斯在心里重现地牢的地图。地图上有一个刑讯室，刑讯室连着市集广场下面的监狱和地下墓穴，通过它们可以到达大教堂。而刑讯室这里的一个巨大的地下湖泊则可以通向外面的河湾。毫无疑问，呻吟声来自这“尸骨之城”的一位囚犯；而水滴，则来自湖泊——通向自由的水路。

三个可怕的身影从拱门进来。第一个人肌肉发达，还带着一条鞭子，他戴着行刑官的兜帽，穿着一件锁子甲短上衣，上衣盖过黑色皮裤和靴子。一对丑陋的双胞胎跟在他身后。双胞胎脸色惨白，头很小，眼里布满血丝，他们咯咯地笑，还发出短促的尖叫声，他们的牙齿生得杂乱，很多已经腐坏。

第一个人的声音在这阴森的房子里回响。“欢迎，”他对潘多里尼夫妇说，“我是大公的行刑官，地牢的主人。他们是我的助手，他们来自疯人院最糟糕的牢房。”

“你们好，你们好。”双胞胎咯咯笑着。

“晚上好。[①]”潘多里尼紧张地说。

---

① 原文是意大利语。——译者注

“你们走吧。”地牢之主对士兵们说。士兵们敬了礼，从坡道爬出了凹洞。他转向他的助手们，甩着他的鞭子，“把咱们的客人请到刑架上。”

双胞胎抓起潘多里尼夫妇，把他们拉到伸展台上。“馅料、馅料……”他们边戳这位伟大演员的肚皮，边咯咯笑。“漂亮娃娃。”他们对着他的太太傻笑。地牢的主人用皮绳固定住潘多里尼夫妇的手腕和脚踝，并把他们的手腕和脚踝绑在刑架的滑轮上，滑轮可以滑到架子上方的椽木上。

汉斯已经看不下去了，他抓起密室里训练熊用的棍子，用力推车板上的门。让他惊慌的是，门却一动也不动。

“我的朋友，”地牢的主人说，“告诉我你们的孩子有什么计划。告诉我，要不然的话，我就滑动这个轮子，你们就要被分尸了。”那对双胞胎欢喜地鼓起掌来。

潘多里尼夫妇扫了一眼熊笼子，一眼就发现汉斯还没出来救他们的原因了。巴尔萨泽正坐在密室门上面呢。

潘多里尼脑子转得飞快。“他们没跟我们说他们的计划，”他说，“你要想知道他们的计划，必须问——布鲁诺、巴尔萨泽和比安卡！”

“谁是布鲁诺、巴尔萨泽和比安卡？”地牢的主人吼叫着问道。

潘多里尼太太领会了其中的深意，“谁是布鲁诺、巴尔萨泽和比安卡？”

“布鲁诺、巴尔萨泽和比安卡，”潘多里尼夫妇一起大声叫道，“是整个大公国最可怕的生物。”

“比我还可怕?”地牢之主嘲弄地说。

“你自己看吧，”潘多里尼咧嘴笑着说，“它们就在你身后。”

它们真的就在那儿。三只熊被它们的主人的声音唤醒，已经打开道具锁，跳出笼子，慢悠悠地出来参加战斗了。巴尔萨泽的大熊掌一把打下来，落在地牢之主的肩膀上。

地牢之主转了个圈，直勾勾地盯着巴尔萨泽的牙齿。他尖叫起来。巴尔萨泽用熊掌背猛打了他一下，地牢之主飞到凹洞的另一端，摔在地上，不省人事。布鲁诺和比安卡冲着他的两个助手号叫，他们俩顿时昏死过去。

汉斯大吼着出来，挥着训练熊用的棍子：“抱歉，我来晚了。”

“没关系，”潘多里尼说，“快给我们解开绳子。”

汉斯立刻给潘多里尼夫妇松了绑，取下了地牢之主的钥匙：“让我们把这些恶棍关起来。”

“不需要你动一根手指。”潘多里尼说。他用意大利语大声说出一句命令。

每只熊各抓起一个恶棍的腿，拖着他们穿过拱门，走进监狱走道。走道的两边墙上挂着手铐，手铐上挂着骨头架子。有些骨头架子已经被耗子咬烂了，骨头都散落在走道上。

汉斯想象着鸟儿的歌唱和广阔的天空。“伪装成行刑官也许有用呢。”他说着，把行刑官的行头脱下来，把这个只穿着内衣的无赖用手铐铐在墙上。他把双胞胎分别绑在他的两边，一边一个。“待在这儿等我，”他对潘多里尼夫妇说，“我去找我爸爸克诺贝。”

汉斯快速地顺着灯光点亮的走道跑过去。现在，他想，安吉拉和潘多里尼家的孩子应该已经从塔楼逃脱了。一旦阿尔努夫发现他们逃掉了，他一定会暴怒地来到地牢，折磨他们的父母，施以报复。

“爸爸？”他对着黑暗的走道喊。他来得太晚了吗？克诺贝已经死了吗？

在他前面，走道延伸至地下墓穴，地下墓穴像个迷宫，从地面到天花板的空间里，每一层架子上都是过去好多个世纪的殉道者和士兵的尸骨。

“拜托，爸爸，”汉斯哭了，“请让我知道您还活着。”

从他左边的通道传来一阵呻吟声。在黑暗中，汉斯看到克诺贝笨重的身躯被挂在墙上。“爸爸？”汉斯向他跑去。

盗墓贼呻吟着说：“你是鬼魂，来吓唬我的吗？”

“不，爸爸，不是的。”

克诺贝的眼里噙满泪花。“曾经有一个男孩儿叫我爸爸，一个爱我的男孩儿，一个被我折磨的男孩儿。我已经永远失去那个孩子了。”

“不，爸爸，您没失去他。他在这儿呢。”

“我祈祷，你别骗我。”克诺贝哭着说。

“我永远不会骗您的，用我的灵魂发誓。”汉斯给他打开手铐，把他从墙上放下来。克诺贝跪在了地上。汉斯把这个上了年纪的人搂在怀里。“是我，爸爸，汉斯，您儿子。我来救您了。”

克诺贝羞愧地把脸转了过去，“原谅我，孩子。我错怪你了。”

“没有，没有。”他轻抚着他爸爸的头发。

“他们问了好多关于你过去的事儿。”克诺贝小声说，“现在我知道你是谁了——王子，我的主人。噢，孩子，我要做你的仆人，永远和你在一起，如果你愿意。”

汉斯温柔地凝视着盗墓贼的眼睛，“我愿意，”他说，“但您不是我的仆人，您是我的爸爸。”

大逃亡

汉斯帮着克诺贝站起来。“咱们以后再说，还有好多话要说，”他说，“不过，咱们现在得逃命。”

“我知道，”克诺贝回答说，“可有一个人，咱们必须带上。”

“谁？”

在走道的另一头，鼾声大作，声音响得就像集市上猪打鼾一样。

“你朋友的保姆？”克诺贝浑身发抖，“你冒险把她叫醒吧，谁也驯化不了这个悍妇！”

汉斯循着鼾声走过去。“醒醒，保姆，醒醒！”

保姆突然跳了起来，“歹徒呀！无赖呀！”她在锁链允许的活动范围内又踢又打。

“你说的我都不是，”汉斯说，“我是安吉拉的朋友，安吉拉还活着，而且已经逃出皇宫了。”

保姆眨巴眨巴眼睛，“你就是那个男孩儿！你从哪儿冒出来的，怎么到这儿的？”

“从远处的山区，跟着雪崩和马戏团来的。”他边说边给她打开手铐，“你呢？”

“士兵们在我妹妹那儿抓住了我，把我带到这儿来做地牢之主的老婆。‘我宁愿嫁给一桶泔水。’我说，他就把我铐在墙上了。”

“你认识我爸爸？”汉斯问。

“只能分辨出他的气味。”

“好吧，这就是我爸爸本人。保姆，克诺贝；克诺贝，保姆。”

“你好。”保姆说，她拼命地沿着走道往前走。当她看到潘多里尼的熊时，她紧急停住了脚步。

“晚上好。[①]”潘多里尼笑着打招呼。

“他们都是朋友，保姆。”汉斯解释说，他和克诺贝正跟上来。

“你说是就是吧。”保姆喘着粗气说，“咱们怎么出去？”

“地牢的尽头有一个湖，过了湖就是皇宫外面了。”

克诺贝有点儿打退堂鼓，说：“我不会游泳。”

“我也不会。”保姆说。

“我们也都不会。”潘多里尼故作勇敢地说，“可我们的熊会游泳。它们能把咱们驮到安全的地方。”

---

① 原文是意大利语。——译者注

克诺贝恐惧地摇了摇头，“把我留在地下墓穴吧，把我留在这个头盖骨和尸骨之地。”

“我也留下。”保姆说。

“不，”汉斯说，“你们都要走。”

保姆举起拳头，“你敢强迫我，孩子。我可还有斗志呢。”

克诺贝拍拍汉斯的背，“别怕，”他说，“在墓穴里，我有办法。至于这位女士，她在我身边一定会安全的。”

保姆端正了肩膀，“手放老实点儿，眼睛也放老实点儿，否则的话，我会教训你的。”

“别怕。”克诺贝退缩了。他紧紧抓着汉斯的肩膀，“现在，说真的，你们得逃命了，还得快点儿逃。”

汉斯犹豫不决，可他知道盗墓人说得对，克诺贝和保姆不会游泳，也不敢让熊驮他们，可再拖延就意味着死亡。汉斯把行刑官的兜帽、锁子甲、裤子还有靴子都给了他。“穿上这些做个伪装。地下墓穴连着地牢和大教堂，晚上你们可以从那里逃跑。保姆可以装扮成囚犯。”

潘多里尼紧张地挥了挥手，说：“再见，再见。[①]”

“是呀，再见。[②]”潘多里尼太太跟着说。她戳着熊往湖边走去。

---

① 原文是意大利语。——译者注

② 原文是意大利语。——译者注

汉斯最后一次拥抱了盗墓人，说："再见了。"

"再见，"克诺贝说，"如果我可以帮忙的话，将是我的荣幸。"

汉斯的眼睛一亮，突然有了灵感，"其实，您***可以的***。法师宣布了来自亡灵世界的三个预言。您可以帮助我打破它们在民众中间的影响力。"

"怎么做呢？"

一阵喧嚣声从地面上传过来，汉斯慌忙在克诺贝耳边轻语。

"我会照做的。"盗墓人说。他和保姆急忙往地下墓穴跑去，同时汉斯跑向湖边。

熊已经下了水，潘多里尼骑着巴尔萨泽，潘多里尼太太骑着比安卡。汉斯跳到布鲁诺背上。"游吧！[①]"潘多里尼下了命令，熊就游了起来。他们刚刚转了弯，阿尔努夫和他的人就冲进了地牢。汉斯听到远处大公在大发脾气，接着一切就安静了下来，除了湖水拍打岩洞的声音，还有头顶蝙蝠呼呼飞过的声音。

熊把他们摆渡出黑暗，就像把他们摆渡出一场深沉又无梦的睡眠。最终，闪闪光亮在湖水上泛起涟漪，河道两边各出现了一条走道。开阔的湖湾已经很近了。

他们又从放松的状态跌入恐惧中。一个铁炉栅栏挡住了出

① 原文是意大利语。——译者注

口。链条滑轮一直连接到嵌在高高石壁顶上的轮子，然后绕了一圈又连接着走道墙上的钩子。怪不得卫兵们只把守皇宫的前门和后门。谁能推起这么庞大的障碍呀？

潘多里尼看着熊笑了起来，“啊，你们，我最强壮的宝贝儿们。”

熊喷了喷鼻子。

汉斯和布鲁诺涉水往左，来到走道上，比安卡和潘多里尼上到右边的走道上，而巴尔萨泽和勇敢的潘多里尼太太还浮在湖上。链条脱了钩，飞快地从墙上落下来，熊们开始通力合作。

“拉呀，我亲爱的！[①]”潘多里尼鼓励着它们。

布鲁诺和比安卡拼命往走道两头拉，巨大的栅栏开始往上升起。很快，它已经接触到水面了。

“最好现在就把链子拴回去，这样可以掩饰我们逃走的路径，”汉斯对潘多里尼说，“咱们的朋友可以驮着我们从水下游过去。”

他们就这样做了。借着从湖面升起的雾气以及湖湾两边的灌木丛隐藏自己，汉斯和潘多里尼夫妇爬上了离皇宫有些距离的泥泞湖岸。夜晚的空气因为蟋蟀的唧唧声和青蛙的呱呱声而显得别有生气。

“现在去找我们的孩子[②]，”潘多里尼太太说，“我希望你

---

① 原文是意大利语。——译者注

② 原文是意大利语。——译者注

的朋友保护着他们的安全。”

“休息一下，”汉斯说，“安吉拉会把他们藏在大森林里的，就像咱们计划的那样。不会出错的。”

潘多里尼夫妇连回三次头吐口水。无论何时，当有人说一切都不会出错时，恰恰就会出问题。

第五幕

约翰尼斯，瓦尔德兰德的王子

疯人院

安吉拉带着潘多里尼家的孩子穿过大雾，往约定的集合地点走去。那是大森林边上一处与世隔绝的空地，在疯人院以东半英里处。来不及休息片刻，她让玛利亚和朱塞佩看护他们的小弟弟小妹妹，自己便出发去救爸爸妈妈了。

穿过大森林和疯人院之间拥挤的房屋群是件很容易的事情。小房子逐一映入眼帘，每一栋都被月光和门前土堆火塘里的火光照亮。可当这一切都渐渐被疯人院山附近的荒地所取代的时候，她却开始感到害怕了。她所能看到的，都是塔楼在雾中可怕的阴影；她所能听到的，都是疯人们的胡言乱语；她所能闻到的，都是粪场传来的恶臭。

安吉拉进入了角色。她把脸蛋弄脏，调整了侠客衣服的肩带，歪着戴她的宽檐儿帽。接着，她把自己身上抓破，脑子里构思了一些男子气的想法。她向上帝祈祷着美好的结局，同时昂首阔步地走向疯人院那扇令人生畏的橡木门，她下定决心要扮演一个最自信的年轻男子的形象。

拍门板是怪兽头的造型。安吉拉抓住怪兽张着的嘴巴里的铃舌，敲了三下。铜怪兽下巴发出的隆隆声让里面的哭喊声安静了下来。

窗户的栅口打开了，“谁？”

“瓦尔德兰德大公阿尔努夫派我来办事。”安吉拉用阴冷且权威的语调回答，“我要跟看守人说话。”

“您当然可以，”停顿了一下，“给我看看文件。”

“我要办的这件事不需要文件。”安吉拉声称，“打开门，带我去见看守，快点！如果你明早还想醒来的话。”

一阵重重的咕哝声和钥匙叮当声后门咯吱一声打开了。一个人从里往外看。那个人表情严肃，头发斑白，他身上穿的工作服很脏，已经脏到闪油光的地步了。身上的毛发从脖子和袖口刺出来，沿着脖子和手背向外延伸。在他身后是三个肮脏的随从，他们手里拿着绳子和轭具。

“我就是看守。”那个人说，“大公有什么命令？”

“他派我来带施瓦恩伯格伯爵和伯爵夫人去粪场，在那儿割开他们的喉咙。”

那个看守盯着她。“等一下。”他关上了门。安吉拉听到他和随从咕哝着商量。看守再次打开门，“进来吧，”他说，“我带你去找囚犯。你可以省点儿麻烦，直接在他们的牢房里杀了他们。之后，我的随从会把他们的尸体拖到地下室肢解处理。”

“感谢您的好意，不过大公的指示很清楚。我要完成这件事，在粪场完成。”

“随你便。”看守耸了耸肩，让她进去了。闻着腐烂的臭气，安吉拉用尽全力忍着不晕过去。

看守从墙上拿了一支火把，带着她上了盘旋的塔楼楼梯。牢房从无穷无尽的黑暗中显现出来，如同从噩梦中显现。粗糙的手从牢房栏杆的空隙中伸出来，往安吉拉脸上扑。她用一只手抓住帽子，唯恐被哪个疯子抓住帽檐，拽下她的伪装。

终于，他们走到了塔楼顶上。

“伯爵和伯爵夫人。”看守嘲笑地说。他打开铁门上的窥视孔，“大公让他们穿着华丽的衣服被铁链锁起来。噢，他们刚到这儿的时候多能挣扎呀。现在，他们可没那时候那么精神十足、气势满满了。”

安吉拉从窥视孔往里看去。月光透过外墙的裂口照进牢房，她看到父亲在阴影之中，他的双手被铐在头顶的一个房梁上；她母亲向前趴在一个凳子上，她的一只脚上戴着脚镣，安吉拉认出了她的假发背面，还有她在葬礼那天穿的衣服。她拼命忍住不哭出来。

看守打开门，交给她打开手铐和脚镣的钥匙。安吉拉飞奔到她母亲身边，跪在地上，摸索着脚镣。“妈妈，”她轻声说，“是我，安吉拉。我来带您回家。”

“我亲爱的女儿。”她母亲轻抚她的肩膀。

安吉拉僵住了。那声音和抚摩都非常奇怪。她慢慢抬起头——看到法师空洞的眼窝。

“你想我了吗?”法师咕哝着说。

安吉拉尖叫道:“父亲!”吊在链子上的人转了过来——一个疯子,下巴突出,眼球鼓出,“多莉,我的多莉!”他斜着眼睛看过来。

法师用他瘦骨嶙峋的手抓住安吉拉,“我就知道你要到这儿来,我的甜心。啊,孩子对父母的爱。”看守的随从们围住安吉拉。“生活比故事更加怪诞,”法师继续说,“难道你不好奇,为什么你这么容易就进了疯人院吗?”

看守在安吉拉头上套上一顶头罩,法师把头罩紧紧系住。“明天午时,你和你父母就会被带到集市广场,你们会被当作巫师烧死。”他幸灾乐祸地说,“你的遭遇会吸引盗墓贼的小徒弟出现,到时候就可以把你们俩一起烤焦。”

空地里

汉斯带着潘多里尼先生和潘多里尼太太穿过湖湾边的棚户区。他们在这些小巷子里穿行得非常容易，这里没有告密者，就算是当地最野蛮的人看到熊也会被吓得逃命。汉斯带着他们悄无声息地从贫民窟钻进了大森林，他们很快就靠近了约定地点。

月亮沉沉地挂在天幕上。有时候，它从苍穹之上照耀地上的一条小径；有时候，它的光芒又消失于迷雾之中。一团厚厚的雾气从四面涌起。熊走着走着就停了下来，它们脖子上的毛都竖了起来，它们的头也缩进了肩膀里。潘多里尼夫妇蜷伏在熊的身旁。“什么东西？”潘多里尼在巴尔萨泽耳边低声问。

巴尔萨泽低沉地吼了一声作为回答。汉斯也感觉到了那个东西的存在——黑暗之中环绕着他们的视线。

“谁在那儿？”他叫道。毫无征兆地，暗夜中有什么东西在向前跳跃。那东西突然从雾气中跳出，把汉斯撞倒在地，然后马上消失了。汉斯摇摇晃晃地爬了起来。袭击者再次袭击汉斯，它从左边撞击他的膝盖，从右边绊倒他。还有其他东西在他身边跳来跳去。他感到喉咙处有一阵火热的呼吸。他疯狂地抽打那些东西。

“快跑，”汉斯对潘多里尼夫妇喊道，“把熊带走，去救你们的孩子。”

一只如怪兽嘴里的舌头舔了舔他的脸。汉斯想着安吉拉，做好了死的准备。然而，雾气飘过，汉斯和袭击者四目相对。

“齐格弗里德！”他高兴地叫了起来。

这只大狼摇晃着尾巴，狼群中的其他狼在雾气中嬉戏打闹。

“这是怎么一回事？”潘多里尼哆哆嗦嗦地问。

“这些都是老朋友了，”汉斯大声说，“狼王的狼群。他和他的人肯定就在附近。”他抓挠着齐格弗里德的耳朵，这只狼享受不已，不停地转着头。汉斯站了起来，用手一拍大腿，“齐格弗里德，安吉拉和我朋友的孩子们在附近的空地上。快来跟他们打个招呼，再带我们去找你的主人。”

就好像听懂了他的话一样，齐格弗里德和狼群跟着汉斯还有潘多里尼夫妇来到约定地点。然而，他们不但没有见到孩子们，反而发现狼王和他的手下都被人用丝巾绑了起来。

“托马斯·班特。”汉斯大叫起来，他立刻给他松绑。

“汉斯！”托马斯的喉结差点儿从嘴里跳出来。

“妈妈，爸爸。”树顶上一群稚嫩、微弱的声音叽叽地叫起来。

潘多里尼太太张开她的双臂，“孩子们！[①]”

孩子们指着狼群，大哭了起来。

潘多里尼紧张地拍了拍齐格弗里德的头，“朋友，孩子。[②]”

潘多里尼家的孩子们蹦蹦跳跳地从树上下来，抱住了他们的爸爸妈妈。

“这些小捣蛋鬼藏在树丛里，”托马斯边说边帮着汉斯给他的同伴们松绑，“狼群离开之后，他们溜下来，迅速把我们其中几个绑了起来，然后爬回树顶上，等着袭击我们的其他成员。”他脸红了起来，“别告诉任何人，要不我们就名誉扫地了。”

“我会为你保密的，”汉斯微笑着说，“可安吉拉呢？”

“在附近吧，我希望。隐士们骑我们的马去找她了。”

汉斯大吃一惊，“隐士们也在这儿？”

托马斯点点头，“我们在大山附近露营时听到了雪崩。我们看到他们坐着棺材从树木线那边的斜坡上飞下来，就跑去帮忙。他们手里有你以前穿的修士法袍，齐格弗里德通过上面的气味找到了马戏团的营地。从那里开始，我们就跟踪马车车辙，你们到达首都的时候我们正好追上你们。我们藏起我们的东西，围着皇宫，躲在暗处。今晚，我们看到这些孩子从塔楼逃出来，就跟踪他们来到了这儿，却发现你和安吉拉都不见了。但是有一条路是往西去的……”

---

① 原文是意大利语。——译者注

② 原文是意大利语。——译者注

“往西?”汉斯大吸一口气，“那是通往疯人院的。安吉拉——”

“幸运的话，她到达疯人院之前隐士们可以阻止她。”托马斯说。

恰在这时，隐士们来到了空地。他们的胡子和头发都修剪短了，身上也不再穿着袍子，而是换上了平时存放在山洞里的短上衣和马裤。汉斯从神态、动作上认出了他们——坚定而优雅，带着令人充满勇气的沉静的力量。

“这个男孩儿很安全。”托马斯喊道。

一个身材高大、肩膀宽阔的男人快步走上前来，把汉斯高高地抱起，“我的孩子，”他高声说道，“我跟你保证过：‘无论你在哪儿，都不要害怕，我一直与你同在。我曾经失去过你一次，我永远也不要再次失去你了。’现在，我实现了我的誓言。”

“父亲，”汉斯叫道，“或者该称呼您为弗雷德雷克大公?”

“这么说，你最终还是知道了真相!”弗雷德雷克大笑，“你真是又勇敢又聪明。”他把汉斯放下来，“称呼我‘父亲’，儿子，你也要知道自己的真名字——约翰尼斯，瓦尔德兰德的王子。”他让汉斯转过身面对大家，“大家看看，这就是我的爱子，我对我儿子特别满意。”

众人纷纷单膝跪地，手放在心脏位置，“约翰尼斯——瓦尔德兰德王子万岁。”

潘多里尼一家人鼓起掌来，熊都立着后腿站起来转圈。

“太棒啦![1]”潘多里尼喝彩道，“如果把这些事儿搬上舞

① 原文是意大利语。——译者注

台，我都不敢相信是真实发生的！”

“可安吉拉呢？”汉斯问，“你们找到她没？”

一阵可怕的沉默。

“我们看到她进了疯人院塔楼，”弗雷德雷克说，“顷刻之间，藏在粪场后面的士兵们就围住了塔楼。她进了圈套。”

“咱们必须把她救出来，”汉斯说，“然后恢复您的王位。”

“美好的梦想，可怎么实现呢？”一位隐士问，“阿尔努夫有一支军队，可咱们就这么几个人。”

“咱们可以召集整个大公国的人。”汉斯回答说。

“谁会为他们以为已经死去的统治者战斗呢？”托马斯皱着眉头问。

“还有那些预言呢！”潘多里尼颤抖着补充道。

“他们说阿尔努夫会永远统治下去。谁不怕亡灵世界呢？”

“我，就是一个不怕亡灵世界的人，”汉斯勇敢地说，“我愿意迎接这个挑战，打败暴君、他的巫师，还有他们指挥的军队。”

“听上去像瓦尔德兰德真正的王子。”他的父亲开心地笑起来。

“咱们接下来怎么做？”大家问。

“我已经有了计划，可以实现这些预言。”汉斯说，“如果咱们挫败了他们的威力，人民就有勇气加入咱们这边了。”

大家靠近了问：“什么计划？”

汉斯一脸坚定的样子，大家都注视着他，“首先……”他详细阐述了计划。

高高的刑柱

整个上午，两个传令官都在散播消息，说安吉拉和她的父母因为施展巫术要被施以火刑。就在大家为此做准备的时候，克诺贝也在努力地完成汉斯交给他的任务。

“您知道市集广场上的纪念柱吗？”汉斯从湖道逃跑之前在他耳边低语，“进入纪念柱地基的入口就在地下墓穴里。我需要您爬到纪念柱里面去，凿开里面一口棺材的底部。然后，顺着地下墓穴去到通向大教堂的门。我会在那里和您会合，明天中午时分。”

克诺贝本来立刻就要开始行动，但那时阿尔努夫来了，他新任命的地牢之主将其前任当成练习品进行鞭打，所以克诺贝和保姆不得不在一个摆满骨头的架子后面躲了一晚上。阿尔努夫黎明时分离开，他们从藏身之处开始往外爬，新的地牢之主正把前任的尸体拖向石灰坑。保姆用一根大腿骨把他打昏了。

"他死了吗?"她问。"没这么走运。"克诺贝叹气说,"把他的制服扒下来。咱们把他塞进装骨头的桶里,用只死老鼠塞住他的嘴。"

他们虽然行动晚了一些,但保姆也有了一套行刑官制服作为伪装。然而,这也意味着克诺贝现在才开始用他从地牢里找到的凿子凿纪念柱里面的棺材底。

"快点儿!"保姆说,她穿着锁子甲的上衣,胸部很不舒服。

黑暗中,大理石块纷纷落下,落在她的脚边。

"我对所有的圣人起誓,女人,我正用最快的速度凿呢。"

一个声音在通道里回响。"地牢主管?"是阿尔努夫的声音。

*

与此同时,汉斯和他的父亲——弗雷德雷克,穿戴着隐士所箱子里的斗篷、短衣裤和宽檐帽子,正进城来。很快,他们就被迅速聚集起来的人群挤上前,街上人流涌动就像河水,人们从家里蜂拥而出,聚向火烧巫师的刑场,人潮涌进市集广场。

汉斯第一眼看到的就是三堆高如山峰的木柴,被四重士兵层层守卫着。每一堆木柴都高高堆起至二十英尺,而柴堆上面还立着十英尺高的刑柱。他们怎么才能救下安吉拉和她的父母呢?更难的是,他们怎么带着安吉拉和她的父母穿越士兵和人群逃走呢?

汉斯一直等着,直到他父亲在皇宫前面的阅兵台附近就位。他立刻溜进了大教堂,以冲刺的速度冲过教堂中殿的背阴处，跑到管风琴那里。管风琴后面是一个栅栏大门，大门洞开，后面是楼梯井，可以通向地下墓穴。一位穿着行刑官制服做掩护的老朋友正在等着他。

“和计划的一样，就在这儿。”汉斯对他另外那个爸爸笑着说。

“跟计划并不一样啊，”保姆说，她掀高兜帽，“你的克诺贝被大公叫走了。”

*

在森林里，潘多里尼家的孩子正在伸展预热，为重要事件做准备，隐士们找出之前藏在首都边境附近的空心树干里的剑和盾。过去加入隐士所的那些附近村落的人们骑着狼王的马，整夜奔驰，返回自己先前的家园。这些人所信任的邻居、家人、仆人还有朋友跟随他们回来了，打算一同捍卫他们合法的统治者——弗雷德雷克大公。那场面非常壮观：一百颗坚定的心，还有一个马戏团，都准备好全心投入反抗阿尔努夫军队的斗争中。

托马斯对众人讲话：“为了咱们的斗争能够成功，咱们必须实现那三个预言。汉斯——约翰尼斯王子——已经为咱们做好计划。这个巧妙的计划足以成就后世的戏剧与传奇。”

树丛另一边传来一阵隆隆声，打断了托马斯的发言。骑兵们拉着一辆马车从疯人院顺山而下。法师蹲在车夫的身边，尽情策马。

“他们正带着安吉拉和她的父母去刑场呢。”托马斯喊道，“按照汉斯的命令做！砍下你们能找到的所有树叶丰富的灌木和树苗！”

两个预言实现了

马车停在市集广场的中央。法师为安吉拉和她的父母打开车门，带着嘲弄的意味鞠了一躬。人群一片寂静，法师押着他们一家人走过士兵的包围圈，走向木柴堆起的刑柱，他的眼窝里不断有煤块掉落下来。

每一个木堆底部都用油布包裹。木堆前面，一根长度如长剑一般的火把插在沉重的黄铜基座中，基座旁边是一口燃烧着的大锅。行刑官耸着双肩站在大锅旁边，他们头戴黑色兜帽，穿着锁子甲上衣、黑色皮裤还有靴子。他的助手，那对双胞胎，又是鼓掌又是傻笑。

安吉拉稳住自己。她转向爸爸妈妈，“我爱你们。”她就说了这一句话。

“我们也爱你。”她妈妈把头埋在小女伯爵的肩上。双胞胎把她们拉开，拽着她们往外侧的两个木堆走去。

安吉拉深深地吸了一口气，把手伸向行刑官，尽量表现得和传说中的英雄一样勇敢。行刑官牵着她站在了中间的木堆上，他把她往行刑柱上绑的时候，安吉拉抑制住自己的恐惧，想象着美好的结局。然而，直至行刑官靠近她的耳朵，轻声说："振作起来，小姑娘。汉斯就在附近。"她的幻想似乎才有实现的可能。

就在那一刻，安吉拉才注意到行刑官的右肩膀上犹如一颗小南瓜大的肿包。"不可能。你是？……"但他已经转身，蹒跚地走向火把。

法师举起扩音喇叭说："今天，我们将欢庆三个邪恶巫师的死亡，"他宣布，"这些人和术士串通，密谋反叛我们伟大的统领，阿尔努夫，瓦尔德兰德的大公。"

有几个声音喊道："巫师必死"，然而大多数人则保持沉默。就连最热心烧死巫师的人，看到安吉拉和她的父母可悲的处境，都陷入了无声。

法师突然从眼窝里取出煤块，把它们扔向天空。带着可怕的目的，煤块落进大锅。与此同时，皇宫护墙上的木杆号角齐鸣。所有人的目光都转向了阅兵台。大主教、将军们、法官们、大管家们、各位县长和各县来观礼的客人，在阅兵台上齐刷刷地站了起来。在士兵雷动的掌声中，阿尔努夫出现在他的私人观赏包间里，头顶上方是黑色天鹅绒华盖。

"阿尔努夫——瓦尔德兰德大公万岁！"法师大喊起来。

人群也跟着小声地喊了一句，然后都跪在了地上。除了一个人还笔直地站立着。

这个人身材高大、肩膀宽阔、脸色红润，白色胡须修剪得非常整齐，他的眼睛是那么蓝，让太阳都感到眩晕，陌生人冲着大公抬起下巴，“恶棍！暴君！”他喊起来，他的声音如山泉水一样清亮干脆，“今天，你和你的法师要在行刑柱上烧死三个无辜的人。他们的罪行是什么？只是为了保护你想要玷污的那个小女孩儿的生命和贞洁吗？”

空气都颤抖起来，就连最勇敢的士兵都不敢眨眼。

阿尔努夫的嘴唇变成了紫色，“你是谁，恶棍？”

“一个把你当兄弟的人，却最终了解到你就是恶魔本身。”那个人回答完，脱去帽子，“是的，阿尔努夫！就是我，弗雷德雷克，瓦尔德兰德合法的大公，你害死我和我的儿子，篡夺了王位。”

平民们努力抬头想看一眼这位陌生人——年纪大的人都记得那位勤政爱民的大公在位时的辉煌风光，而年轻人看到的则是自己的爸妈关上门之后在家里赞扬的那个人。

汗水顺着阿尔努夫的脖子细细地流下来。然而，大家已经相信了谎言，紧接着又了解到真相，会怎么样呢？他指着纪念柱，“疯子，”他嘲弄着说，“看着我哥哥和他儿子的棺材。”

“都是空的。”弗雷德雷克说，“因为我还活着，我的儿子——也是王位的继承人，也还活着。”

“卫兵，”阿尔努夫命令道，“把这个疯子抓起来，绑到那个女孩儿旁边！”

士兵还没来得及行动，就传来一阵疯狂的号角声。首都边界的哨兵们飞奔进广场，把平民向各方驱散。

“大森林！”他们喊道。

“大森林怎么了？”阿尔努夫怒喝。

“我们看到大森林边缘有薄雾没散，”第一个人说，“我们看到树木和灌木都从地上站了起来——从地上站起来，往首都这边行进！”

“什么？”

“预言成真了！”第二个人大声说，“大森林向首都行进了！和它一起过来的还有狼和其他来自异世的野兽，那些野兽的脖子都特别长，它们都昂着头看着天，那肯定是狼王和他的族群！”

大家都倒吸一口凉气。

“快，士兵，快拿起能反射影子的盾牌！”阿尔努夫尖叫道。

一些士兵跑到兵器库去了，其他的士兵则原地打转。

法师认为其他情况还在掌握之中：“还有两个预言没有实现，它们保护着大公，比任何能反射影子的盾牌都管用。”他通过扩音喇叭咆哮，“陛下将一直统治下去，直至苍鹰从岩石上飞起，直至他的断手越过尸骨的海洋。”

他正说着，纪念柱顶端传来一阵刺耳的声音。最小的石棺盖被掀翻，摔得粉碎。汉斯从克诺贝之前凿的洞里钻了出来，大家都睁大了眼睛。“看呀！”汉斯大叫，汉斯露出了右肩膀上的老鹰形状的胎记。

“阿尔努夫，你的日子到头了，”安吉拉站在她的木柴堆上喊道，“一只老鹰从岩石上飞起。”

市集广场上的人都惊呆了。

阿尔努夫的脸惨白僵硬，“就算第二个预言实现了，然而还有第三个预言保护着我。”他举起挂在脖子上的金圣骨匣，“这双断手永远不可能越过尸骨的海洋！”他说着便从自己的包间跳出来，挥舞着他的剑。他一阵旋风似的跳到纪念柱下，沿着楼梯冲向顶端。士兵们挡在楼梯口，让任何想要保护汉斯的人都无法接近。

汉斯又挤回棺材洞里。阿尔努夫用铁手把洞口挖大，“好吧，哥哥，我现在要把你的孩子切成两半。”这个恶魔狂喜道，“卫兵！抓住他！”

士兵们围住了弗雷德雷克，同时，阿尔努夫跳下洞去追逐汉斯。然而弗雷德雷克身边的民众站了起来，其他的士兵也把自己的命运赌在了他们合法的统治者身上。一场暴乱爆发了，围在行刑木柴堆旁边的警卫力量被削弱了。

“不能再等了，”法师对行刑官喊道，“点起篝火！”

“除非你在柴堆上。”行刑官回答。

法师吓呆了，“这声音！”

“是的，就是我，克诺贝·特·本特。”盗墓人大笑起来，摘下他的行刑官兜帽，“人群的臭味儿和地下墓穴尸骨的味道，难道掩盖了我们这些乡下人的汗味儿？”

法师恼羞成怒，双手抓住燃烧着的大锅，他把大锅推倒在地，手掌被烫得吱啦作响。燃烧着的煤块跳出来，跳过鹅卵石路面，落到安吉拉的那堆木柴下面的油布上。顷刻之间，火苗吞噬了她的木柴堆的底部。

“救命啊！”安吉拉喊道，但众人恐惧万分，面对火势只能往后退——此时，有人骑马飞奔进广场。边境哨兵四处逃窜，狼王和他的人迅速扫平首都城——潘多里尼家的孩子们紧紧贴在他们的背上，狼群跟在他们的脚边。群狼四处冲撞，吓坏的市民都逃到皇宫的护墙上，把士兵们从栏杆上推了下去。

火苗越烧越高，安吉拉对着狼王喊救命，他和他的人快马加鞭赶到篝火边。他们的马向后退，因为跳不过火苗的高度。

在这片混乱之中，法师逃到阅兵台下面躲了起来。他害怕这些民众，于是把自己裹在一堆彩旗里，从大袍子里拿出一瓶安眠毒药。***喝一口这个，我看上去就跟死了一样，***他对自己咯咯笑道，***到了晚上，我就能醒来，趁黑暗逃跑。***

抓着弗雷德雷克的士兵们对民众投降了，他自由了，转而想去帮助汉斯。但安吉拉的求救声让他心痛。他跑到火堆边，潘多里尼一家人已经在那里组成一座“活人金字塔”。玛利亚已经把绸缎绳的一头系在火把上，蹦蹦跳跳地拿着绸缎绳的另一头爬到“活人金字塔”顶上了。弗雷德雷克知道应该怎么做了，他抓住火把，就像抓住一把长剑，跳到托马斯的马鞍上，把火把紧系在马镫子上。

玛利亚屈膝，从“金字塔”上翻了个筋斗跳到安吉拉所在的木柴堆的顶上。她解开了安吉拉的绑绳，把绸缎绳绑在行刑柱上。绸缎绳紧绷着绑在火焰之上的位置，如同高高的钢索连接着长剑般的火把。

玛利亚双手交替滑到安全的地方了。安吉拉紧紧抓住绸缎绳，双腿往高摆动，脚踝够到绸缎绳。她顺着绸缎绳向前蠕动。火焰在她身后不断扩大，绳子一点点被烧掉，她摇摇晃晃地落到地面上，落在弗雷德雷克那根火把杆脚下，落进父母慈爱的怀抱。她的父母早已经被克诺贝救下来了。

“现在去救我儿子！”弗雷德雷克喊道。可他没法行动，欢呼的人群把他抬到他们的肩膀上，他呼喊汉斯的声音被人群的欢呼声淹没。

齐格弗里德吓退人群，开辟出一条小路来到安吉拉身边。安吉拉跟着它穿越人们让开的空道。但人越聚越多，安吉拉只好从人们的腿之间溜过，从人们的胳膊底下钻过去，艰难地走完最后几步，来到了大教堂。进了教堂，她快速穿过教堂中殿，迅速来到管风琴后面。

通向地牢的入口由一个行刑官把守，安吉拉屏住呼吸。保姆拉下她的兜帽。

“保姆！是你！怎么会是你？”安吉拉大声说。

“别问了。”

地下传来吼叫声。

“是汉斯和大公，”保姆说，“谁知道那个孩子还能撑多久！”

安吉拉一头扎进地下墓穴去了。

决死之战

汉斯五分钟之前匆忙钻到纪念柱底下时，并没有想好接下来应该干什么。传说中总共有三个预言，但汉斯希望，在现实中，如果大森林向首都行进、苍鹰从岩石上飞起，这两个预言都实现了的话，就足以推翻阿尔努夫了。很显然，并非如此。他还要让大公的断手在尸骨的海洋中越过。可这怎么实现呢？

在上面，大公已经在石头棺材里打出一个更大的洞，正顺着纪念柱往下追。

汉斯往地牢方向跑，以便找点武器。一堵尸骨搭起的高墙耸立在他面前。他绕开地下墓穴的石灰坑，冲刺般地跑过两边墙上挂满骨架的中央通道，然后冲进地牢的凹洞里。

“出来，出来啊，不管你在哪儿！”大公在后面嘲笑地喊道。

他应该躲起来吗？不，盗墓人的小徒弟可以这样做，可瓦尔德兰德的王子不可以！他跑到火塘边，拿起一把烧红了的火钳。

“原来你在这儿。”一阵低沉的咕哝声。

汉斯转了个圈，阿尔努夫被圈在拱门里。

这个恶棍露出了邪恶的微笑，“你被困住了。”

“咱们待会儿见分晓。”汉斯说着，挥了挥手里的钳子。

“想活下去，不是吗?”阿尔努夫往前走，挥舞着他的阔剑，就像挥着一把大镰刀。

汉斯往左后方退了退，阿尔努夫就往左来；汉斯往右后方退，阿尔努夫又向右去。

“你和你的父亲爱人民。”阿尔努夫啐了口痰，“呸！这个世界因为恐惧才运转，可不是因为慈爱。把慈爱留给童话世界吧!”

汉斯想起了隐士们的砍木桩训练，他吼叫着向阿尔努夫冲去。阿尔努夫挡住了攻击，把汉斯打到墙上又弹了回去。

“铁手就是这么砍木桩的。”阿尔努夫嘲笑说。他把剑挥舞过头顶，跑向汉斯，用力砍去。汉斯身体一缩，滚到旁边，阿尔努夫的剑砍到了石头上。汉斯用烧红的钳子猛刺他的大腿，阿尔努夫哀号起来，一拳打在地上。他打向钳子，把钳子的把手折断了。

汉斯跳了起来，阿尔努夫挥舞着剑在空中乱砍。汉斯躲了过去，从墙上抓起一支火把，然后跑到刑架那里去了，他从架子下面溜了过去。大公跟在他身后。

汉斯转过身，把火把扔到阿尔努夫的脸上，他油腻腻的头发立刻着了火。阿尔努夫踉跄着从刑架下奔了出去，转着圈地想要跳进湖里，熄灭身上的火。惊恐之中，他把头扎进了地牢的粪桶里。

汉斯大笑起来，爬到刑架的滑轮上滑到椽木处。

“你会为此付出代价的。”阿尔努夫一边尖叫着，一边禁不住尿了出来。他举起剑要斩断绳子，让汉斯掉下来——一阵尖锐的老鹰叫声响彻地牢。

阿尔努夫转过身，他看到一只大鸟的影子。它扇动着翅膀，从地牢凹洞的墙面上飞过。

阿尔努夫打了个冷战，他发现安吉拉拿着火把躲在岩石的裂缝里。“怎么回事儿，只是皮影木偶！”他不屑地说，“你也来送死了，是吗，小丫头？”

“不！我是来见证第三个预言实现的！”她回答说。

“阿尔努夫！”汉斯在上方叫起来。

阿尔努夫往上看了看，又往四周看了看。汉斯正拿着一个沉重的铁滑轮，他把滑轮向大公的头上投去。滑轮准准地砸在他的头上。

大公痛上加痛，挂在他脖子上的金圣骨匣前后晃动。

汉斯抓起钩绳，把钩绳扔过阿尔努夫脖子上晃动的链条，然后猛地一拉。钩子钩住了链条，把链子钩断了，圣骨匣摔在了地上。

汉斯抓着绳子，从椽木上荡过去。他的脚后跟踢在大公的下巴上，阿尔努夫跪在了地上。

汉斯疾步跑过去拿圣骨匣。他抓起匣子，拿到了里面的断手。

“把我的骨头放下！”阿尔努夫尖叫着抗议。

“快跑！”汉斯对安吉拉喊。他们顺着走道跑到地下墓穴去了，阿尔努夫跟在他们后面。到了石灰坑那儿，他们跑进了两条不同的小道。阿尔努夫跑到了大路的尽头。“我站在唯一的出口处。”他扬扬得意地说。

他看到一面尸骨墙上映着一只狼的影子。“啊，那个姑娘能唤来狼，”他大笑起来，“我先前见识过你的玩偶伎俩了。”一阵低沉的咆哮。“我以前也听过你的声音把戏。”

汉斯突然从一条小路冒了出来，“这可不是把戏！是不是，齐格弗里德？”

大狼出现了。阿尔努夫挥舞着他的剑，剑锋砍碎了墙壁支架。

汉斯举起断手骨，紧握着做出祈祷的样子。“接住！”他叫道，然后把断手骨抛到石灰坑上空。

阿尔努夫盲目地跳起来去抢断手骨。但是齐格弗里德跳得更高更远，它用牙齿咬住了断手骨，跳过了石灰坑。阿尔努夫就没那么幸运了，他的脸朝下摔进石灰坑里，他尖叫着站起来，皮肤上被烫起了水泡。

汉斯绕过石灰坑。阿尔努夫狂怒地从石灰坑里爬出来，他晃动着铁手向汉斯扑去。汉斯迂回躲避，铁手撞上了墙壁支架。栋梁开始断裂，有小碎片掉落，层板都倾斜了。

“你逃不掉的。”阿尔努夫号叫道，“我只需一击。”他擦了擦前额，前额的皮肉滑落。“我在融化！”他哭喊道。他捶打汉斯脑袋旁边的梁木，铁手揳进被劈开的木头里，他使劲把铁手抽出来。却传来一阵可怕的声音，就像小船在大海中被肢解。

大梁已经弯了，周围的梁木也弯了。层架已经翻倒，在强烈的冲击中，尸骨墙都倒了。阿尔努夫被困在如潮涌来的尸骨中。肱骨们把他往下卷，腿骨们紧紧地困住他。

汉斯和安吉拉跑向大教堂的地下室。

“齐格弗里德？”汉斯喊道。

那只大狼在大公身边上蹿下跳。

汉斯吹了吹口哨，“在这儿，小伙子！”

齐格弗里德轻轻跳了一下，然后用力一跃，它用有力的嘴叼着阿尔努夫的断手骨，越过了尸骨的海洋。

“我相信这就是第三个预言。”汉斯回头喊道。

阿尔努夫被掩埋在尸骨堆里，他试图爬出来，却丝毫没用，骨头的重量把他牵制在黑暗之中。

周围净是仓皇的脚步声和尖叫声。耗子！成百上千的耗子从地下墓穴的骨头堆里爬出来吃食了。

报应

暴君垮台，弗雷德雷克大公复位，瓦尔德兰德的臣民们狂欢庆祝，唱歌跳舞到深夜。只有时间可以洗刷阿尔努夫统治时期的罪恶。但现在，瓦尔德兰德正在庆祝新时期的开始。

*

阅兵台下，法师像死尸一样直挺挺地躺着。毒药的效力渐渐消退，虽然还不能行动或者说话，但他的思维已经开始清晰。***如果我可以出城，我可以藏在地下制订复仇计划***。他想，***可是街上全是庆祝的人，我怎么才能不被人看到而逃走呢？***

就是在这种恐惧之中，法师迎来了不速之客。两个小东西——可以藏在垃圾桶里面的家伙——爬进了阅兵台的阴影之中，把法师脸上的彩旗掀了起来。

“我们看到您来这儿了，主人。”其中一个说，“我们等了一天，等您出来。可您看起来好像还在睡觉，不是吗？”

*你们是我的恶人吗？*法师想着，*你们怎么从城堡里逃出来的？你们为什么来首都？*

第二个恶人读懂了他的想法。“是您教我们躲在别人想不到的地方的，”他说，“我们也是这么做的。我们躲在皇宫边上，你们永远也想不到。”

“是的，主人，就像我们穿了一件隐形衣。所以我们现在来悄悄带您离开这儿。”

*噢，聪明的宠物，我以前是错怪你们了，*法师想，*把我从城里偷运出去，我必然对你们有赏。*

两个恶人各搬一条腿，把法师拖到广场上。在彩旗的掩盖之下，他看起来就像是一堆布料。他们顺着大街把他拖走，并没有人注意到他们，他的脑袋在鹅卵石上来回磕碰，等他们把他拖上出城的土路时，也同样没有引起任何人注意。

法师试图告诉他们要小心，散落在路上的树枝和石头刺进了他的皮肉，可是他的嘴唇说不出话，他的四肢瘫软无力。

现在，传来了最臭的味道。*啊，是了，*——他在脑子里微微一笑——*他们要把我带去粪场。多狡猾的宠物呀！这是制订我的复仇计划的绝佳地点。*

但是恶人把他拖得更远了。现在，往上坡方向去了。他们停了下来，法师听到门环沉重的撞击声，还有窗户滑开的刺耳的声音。

“你们想干什么？”守门人的声音——他们到了疯人院。

“我们带来了好东西，值好几分钱。快来，看看我们的战利品。”

门嘎吱打开了，“带来的是啥？”守门人问，“天哪，这么强有力的人居然被抓了。”

“他已经死了，刚刚死的。”恶人们说，“你最好赶紧把他切块，要不就臭了。”

可我还活着呢。法师试图尖叫，***我还活着呢***。

“我一直想看看他脑子里是啥样，”守门人说，“我马上动手。”他给了恶人们一把硬币，还叫他的助手准备好他的刀和罐子。

不！法师失声号叫着，***我还活着，我还活着呢！***

守门人吹起口哨，吹出一首欢快的歌，他把法师扛在肩膀上，运到地下室去了。

皆大欢喜

皇宫的窗户洞开，促进了室内空气流通。海港也帮了忙，吹来一阵微风，记忆中第一次吹走了夜晚的雾气。宴会大厅里，在成千上万的灯和烛光的照耀下，潘多里尼一家人和他们的熊奉献出最精美的马戏表演。

弗雷德雷克大公让出主位给汉斯和安吉拉坐。他们坐在大桌子的中央，和他们的家人、朋友坐在一起。汉斯的右边，是他的两位父亲，弗雷德雷克和克诺贝，他们正和隐士们聊着天。他的左边是安吉拉，还有与她重聚的父母和保姆，以及托马斯和他的同伴；上甜点之前，保姆还时不时去克诺贝旁边。安吉拉微微一笑，保姆总有着教人社交礼仪的需求，而克诺贝是她遇到的难度最大的学生。

“你发现了我的儿子，约翰尼斯，还给他起名为汉斯，”弗雷德雷克对克诺贝说，“同一个名字的另一个叫法。”

克诺贝抓了抓耳朵，“是呀，咱们的名字和事迹都写在星星上了。”

弗雷德雷克微笑着说：“或者在我们的希望和梦想中。”

跳舞的熊们跳到高潮，大家齐齐地站起来鼓掌。

弗雷德雷克站起来，对潘多里尼一家说：“感谢你们的帮助，请留下来做我们的贵宾，想住多久就住多久。”

“感谢。①”潘多里尼鞠了一躬，“可我们老家的威尼斯宫廷还等我们去演出呢。共和国总督对于邻国瓦尔德兰德的事情很挂心，我们回去汇报这里一切安好的话，他一定会非常开心。”

弗雷德雷克友好地扬起一边的眉毛，“您和总督关系很近？”

“人们只看到他们想看的，”这位演员眨了眨眼，“对人们来说，可怜的马戏团成员看上去都很像。这让我们像隐士一样来去自由。”

“那么，请代我们向威尼斯领主致敬，”弗雷德雷克交代说，“我们会请皇家卫士护送你们安全到达。”他转向托马斯，“至于你，托马斯·班特，无法无天的强盗和小偷……”

托马斯一阵畏缩。

“大公国欠您的，我全心全意向您和您的手下道歉。”

托马斯松了一口气，倒在了他的朋友们身上。

“站直了，”弗雷德雷克命令道，“咱们新的桂冠诗人和他的宫廷音乐家们，必须把头高高昂起，比云彩还要高。”

---

① 原文是意大利语。——译者注

“桂冠诗人？”托马斯不敢相信地跳了起来。

“宫廷音乐家？”他的伙伴们惊讶。

“不错，”汉斯说，“除了杰出的艺术家和诗人，还有谁能书写咱们王国的传奇？还有谁能写出更美的诗歌，供大家传唱？”

一阵欢呼声中，托马斯被高高地托举起来。

大公的目光落在了盗墓人的身上。他拔出剑，“跪下。”

克诺贝诚惶诚恐地跪在地上。

弗雷德雷克把剑放在克诺贝的右肩膀上，“除了勇敢、倔强的盗墓人以外，还有谁应该守护皇家地下墓穴呢？”他问，“平身，从今以后，你就是克诺贝·本特爵士，墓穴的守护人。”

克诺贝得意忘形了，他高兴地跳了起来，在大公的脸上亲了一口，拥抱了汉斯，然后抱着保姆在房间里转了一大圈，又是鼓掌又是笑。

“您还忘了一件事儿，父亲，”汉斯说，“咱们的国家在***现实中***饱经痛苦。咱们需要能够看到***其他可能性***。我建议建一个皇宫剧场，上演咱们的故事，然后想象出更加美好的结局。”

“谁来掌管这个剧场呢？”弗雷德雷克问。

汉斯转向安吉拉说：“只有让美好又勇敢的灵魂来掌管。安吉拉·加布里埃拉·冯·施瓦恩伯格伯爵，是第一个敢于挑战篡位者的人，她冒着生命危险营救她的父母，在她的帮助和指导下，我成长起来，成为您的儿子。”

安吉拉羞红了脸。

弗雷德雷克转向伯爵和伯爵夫人，“你们是否愿意祝福安吉拉在宫廷的生活呢?”

他们犹豫不决。

安吉拉翻了翻眼睛,“噢,看在老天爷的分儿上,我不可能再遇到比之前更糟糕的麻烦了。”

“没错,”她的父母大笑道,“有保姆做你的监护人,我们同意。”

整个宴会厅陷入狂欢之中。汉斯和安吉拉溜到阳台上,享受这个夜晚。年轻的王子害羞地看着安吉拉说:“这次冒险太棒了。”

“确实,”她开玩笑说,“作为一个仆人来说,你已经做得很好了。”

“你作为一个女巫,也不错呀。”汉斯也开她的玩笑。他牵起她的手,一同仰望着星空。

安吉拉把头枕在他的肩膀上,“我喜欢皆大欢喜的结局。”她叹气说。

“好吧,为了你,”汉斯微笑着说,“我接受暗示,准备说‘完结’。”

致　谢

我还是小孩子的时候，我妈妈带我去看过斯特拉福莎士比亚节的每一出戏剧。我看的第一出戏是《十二夜》，那时我五岁。那个场面深深地吸引了我——演员们挥舞着剑和条幅从四面八方跑上舞台。很快，故事就开始了：家人被大海分离又重聚的故事；邪恶的故事，公爵篡权；女巫的故事，薄命鸳鸯，还有好像叫托比·贝尔彻爵士和沙略法官勇敢的喜剧角色。我对充满奇迹的世界着了迷，我年轻时的迷茫找到了表达的渠道。

我永远也无法满足。如果不是在看喜剧，我就是在读经典连环画，以及查尔斯·拉姆和玛丽·拉姆写的故事。十几岁的时候，我在戏剧节上找到了暑期工作——引座员、服装员，最后，终于成为学徒演员。我还记得自己扮演成奥尔巴尼士兵猛冲过斯特拉福的舞台；李尔王发怒时，我是他面前的一位害怕得退缩的贡纳丽的仆人；最终，在《阿尔丁森林》里饰演西尼尔伯爵的一位被流放的领主，还有一段台词。

家人与朋友，秘密与身份，变幻与和解——这是我从儿童时期就珍藏于心的主题，它们在这篇故事里均有涉及。所以，最重要的，我要感谢我的母亲，她是我所知道的最勇敢、最能激发人灵感的人，她带领我认识文字的魔力和能量，以及故事如何在纷繁的生活中为我们带来条理和意义。

我还要感谢丹尼尔·力高、路易丝和克里斯缇·巴尔达奇诺、塞巴斯蒂安·阿曼达、马克·奇特罗和大卫·斯通，他们多次通读文稿，而且提出了有帮助的批评意见。

最后，而且非常重要的是，我要感谢哈珀·柯林斯和费伯 & 费伯出版社的每一位同志，他们让这个项目如梦想般美好。

艾伦·斯特拉顿

整个世界就是一个舞台，
世上所有的男人和女人都不过是演员。
他们登台，然后下台，
一个人在台上的时候分饰多个角色。

——威廉·莎士比亚《皆大欢喜》

摆渡船当代世界儿童文学金奖书系

草莓山

[美] 玛丽·安·霍贝尔曼/著　[美] 温蒂·霍尔伯林/绘
姚　媛/译

◎ 美国国家图书奖得主、桂冠儿童诗人经典之作
◎ 一部关于友谊、勇气、责任的成长小说

故事发生在美国经济大萧条时期。爸爸终于找到工作，艾丽一家要搬去斯坦福了。离开熟悉的环境和最好的朋友真是一件伤心事。不过，当得知新家位于一条叫草莓山的街上时，艾丽心中的不安似乎消退了，这个神奇的街名带给她无尽的遐想。在草莓山，艾丽平静的生活不时漾起小小的涟漪，有温馨也有伤感……最重要的是，她明白了什么才最值得珍惜。

定价：
*18.00*元

ISBN：9787530130582

草原精灵小矮人

[德] 保罗·马拉　[德] 赛普·施特鲁伯/著
[德] 芭芭拉·舍尔茨/绘　湘　雪/译

◎ 德国青少年文学奖、格林兄弟奖、奥地利国家儿童与青少年文学奖得主经典童话

大概就在星期四和北极的半路之间，有一片好大好大的草原。草原被大山包围着，精灵小矮人们世世代代生活在这里，穿柔软的草茎编织成的衣服，吃母鸡下的新鲜鸡蛋，他们从来没有想过大山的那一边还有另外一个世界。可是有一个小精灵好想去看看外面的世界，为此他付出了很多努力……

定价：
*23.00*元

ISBN：9787530138168

时间商店

［韩］李奈英 / 著　［韩］尹贞珠 / 绘　金银銮 / 译

◎ 第十三届韩国文学村儿童文学奖作品

◎ 韩国新生代儿童文学作家李奈英代表作

故事的主人公李允儿为了取得第一名，用一块具有魔力的手表，每天购买十分钟时间，代价是出卖自己的快乐记忆。虽然李允儿在考试中获得了好成绩，但她却觉得自己失去了更多宝贵的东西。这看似荒诞离奇的魔法情节，深刻地展示了当下韩国儿童的生活状态。作者以时间和记忆两种抽象概念为线索，用孩子喜欢的幻想手法，来呈现他们渴望自由的梦想。这是一部能引发读者思考的佳作。

定价：*25.00*元

ISBN：9787530142059

温斯特森林

［美］托尔·赛特勒 / 著　［美］弗莱德·马塞里诺 / 绘
叶　硕　谭　静 / 译

◎ 美国图书馆协会最佳图书

◎ 荣获美国父母选书奖

◎ 美国家喻户晓，与 E.B. 怀特齐名的儿童文学作家托尔·赛特勒代表作

在温斯特森林里，最值得关注的居民是黄鼬奇克·白肚皮和他那几个吵闹的兄弟，跟着叔叔婶婶一起来过夏天的温蒂·黑美人，还有一个拥有鼎鼎大名的父亲，却很孤独的小巴格利·布朗。当其他年轻的鼬鼠都在松树下尽情跳舞的时候，小巴格利却在想着布丽奇：一条充满魅力的鱼。

定价：*28.00*元

ISBN：9787530142028

幸运的坏男孩

[英] 迈克尔·莫波格 / 著 [英] 迈克尔·福尔曼 / 绘
殷健灵 / 译

◎ 英国"儿童桂冠"作家、红房子奖得主、六项奥斯卡提名大作《战马》原著小说作者优秀作品

所有人都认为他是坏男孩，连他自己也不例外。他被送进感化院的时候，没有人觉得奇怪。可是，当他开始在马厩工作，并赢得了马儿的信任和马夫阿尔菲先生的尊重后，有些事情发生了变化。作家莫波格与画家福尔曼共同编织了一个激荡人心的故事，告诉读者如何去追逐梦想。

定价：*12.80*元

ISBN：9787530130568

稻草人和他的仆人

[英] 菲利普·普曼 / 著 [英] 彼得·贝利 / 绘 徐 朴 / 译

◎ 入选中国"青少年主题阅读"推荐书目
◎ 林格伦奖得主代表作

在一个电闪雷鸣的夜晚，稻草人屹立于风雨之中。突然，一道闪电划过，稻草人眨了眨眼睛，竟然活了，稻草人的故事就这样开始了。这家伙挺有礼貌，别看顶着个木鱼儿脑袋，鬼点子倒是层出不穷。男孩杰克与他相识，成了他忠实的仆人，两人起程前往泉水谷，一路上经历了数不尽的惊险与刺激，硝烟战火、船只失事、土匪强盗、骗子无赖——是杰克，在每一个危急时刻力挽狂澜。

定价：*18.00*元

ISBN：9787530130544

摩根先生有匹马

［美］玛格丽特・亨利／著　［美］威斯利・丹尼斯／绘
范晓星／译

◎ 纽伯瑞银奖作品

◎ 三次纽伯瑞大奖得主、美国著名儿童文学作家玛格丽特・亨利经典之作

定价：25.00元

ISBN：9787530142035

故事的主人公是一匹再普通不过的小役马，长大后却成为了美国一种名马的祖先，它的名字叫巴布。小巴布的家乡在佛蒙特州的苍山绿水间，它生活的年代也正是美国发展壮大的时期。确切地说，它为美国的成长出过一份力。它会拉圆木、开荒耕地，它帮助人们建起第一批木房，还和人们一起修造桥梁、在荒野铺拓道路。小巴布和男孩乔尔之间，还有着一段感人肺腑的故事。

动物远征队

［英］柯林・丹／著　［英］杰奎琳・泰特莫／绘　范晓星／译

◎ 入围中国"大众最喜爱的50种图书"

◎ 被载入世界儿童文学史册，全球畅销三十余年

定价：28.00元

ISBN：9787530130575

在法辛林，野生动物的家园即将遭受人类的毁灭。正在大家一筹莫展时，失踪一年的蛤蟆回来了，说他发现了一个叫白鹿公园的地方，是一片自然保护区。于是，动物们在狐狸队长的带领下出发了。远征途中充满了艰难险阻，大家甚至要面临死亡的威胁……在互助互爱、共渡无数难关后，动物们之间的情感发生了奇妙的变化。他们能完成远征，到达一心向往的新家园吗？

定价：

*28.00*元

ISBN：9787530138137

我能跳过水洼

[澳] 艾伦·马绍尔 / 著　叶　硕 / 译

◎ 澳大利亚经典童书，被翻译成三十余种语言

◎ 由捷克斯洛伐克制片人翻拍成电影

这是作者艾伦·马绍尔的自传体成长小说。童年时期，艾伦因患上小儿麻痹症而导致双腿残疾，但他从没觉得自己是残疾人，更不会让身体的不便阻碍自己去体验生活中的美好与乐趣。艾伦爬树、打猎、骑马，到丛林中冒险，所有男孩子能做的事情他都去做，最后还实现了人生理想，成为一名作家。艾伦凭借乐观勇敢的精神，跳过了人生中的一个个水洼，告诉读者：生活的精彩是因为你的精彩。

定价：

*25.80*元

ISBN：9787530148488

闷蛋小镇

张友渔 / 著

◎ 荣获 2013 年开卷好书奖

闷蛋小镇什么都没有，连“自强号”列车都不愿意停下来。从大城市来到小镇阿嬷家的少年阿丁，认为自己来到了世界上最无聊的地方。然而，在这个鸟不生蛋的地方，发生了一连串不可思议的事情……阿丁和红辣椒车队的大队长阿英成了好朋友、认识了小镇的传奇人物——光华号，还喜欢上隔壁班的漂亮女生。就在他闷到快要爆炸的时候，另一个中学的单车队对红辣椒车队发来战帖，挑战以接力的方式，骑上海拔八百米的赤科山。与此同时，造成警方重伤致死的枪击要犯悄悄潜入小镇。阿丁和他的一群好朋友展开了有生以来最惊险刺激的大冒险……

冬日的蟋蟀

[美] 菲利斯·赫尔曼 / 著　[美] 罗宾·托马斯 / 绘
李　冉 / 译

◎《纽约时报》年度最佳图书奖
◎ 美国图书馆协会鼎力推荐

蟋蟀小巧伶俐，是大自然创造出的富有诗意的精灵。一只坠入爱河的蟋蟀会多愁善感，为爱陶醉。一个九岁的男孩聪慧过人，如果有人愿意倾听他的想法，他会滔滔不绝地讲个没完。一个偶然的机会，男孩结识了蟋蟀。他们做了一件美好而惊天动地的事情。也许男孩和蟋蟀并没有意识到这些，但不要紧，因为在那一刻，他们的感觉相当好。

定价：12.00元

ISBN：9787530130551

安娜的礼物

[加] 简·利特尔 / 著　[加] 琼·桑丁 / 绘　静　博 / 译

◎ 加拿大总督文学奖得主经典之作
◎ 安徒生奖得主凯瑟琳·帕特森推荐作序

九岁的安娜几乎一无是处——摔跤，撞翻桌子，不认识单词……家里那几个样样优秀的哥哥姐姐管她叫“笨安娜”。爸爸担心纳粹的势力越来越强大，宣布全家要从德国搬到加拿大。安娜垂头丧气，连德语单词都不认识的她，如何能学会英语呢？不过，当全家抵达加拿大后，安娜知道了自己笨笨的原因。事情就是这么奇妙，当进入一个全新环境，跟和蔼的老师和有趣的朋友在一起后，安娜的整个世界悄然改变。

定价：26.80元

ISBN：9787530142042